獨步行
독보행

임영기 新무협 판타지 소설

FANTASTIC ORIENTAL HEROES

독보행 3
임영기 新무협 판타지 소설

초판 1쇄 찍은 날 § 2013년 2월 22일
초판 1쇄 펴낸 날 § 2013년 2월 27일

지은이 § 임영기
펴낸이 § 서경석

편집부장 § 권태완
편집책임 § 박가연
디자인 § 신현아

펴낸곳 § 도서출판 청어람
등록번호 § 제1081-1-89호
등록일자 § 1999. 5. 31
어람번호 § 제2-2309호

주소 § 경기도 부천시 원미구 심곡2동 163-2 서경B/D 3F (우) 420-822
전화 § 032-656-4452팩스 § 032-656-4453
http://www.chungeoram.com
E-mail § chungeorambook@daum.net

ⓒ 임영기, 2013

ISBN 978-89-251-3190-0 04810
ISBN 978-89-251-3153-5 (세트)

※ 파본은 구입하신 서점에서 교환하여 드립니다.
※ 저자와 협의하여 인지를 붙이지 않습니다.
※ 이 책은 도서출판 청어람과 저작자의 계약에 의해 출판된 것이므로,
  무단 전재 및 유포·공유를 금합니다.

3

질풍노도(疾風怒濤)

獨步行
독보행

임영기 新무협 판타지 소설

FANTASTIC ORIENTAL HEROES

도서출판 청람

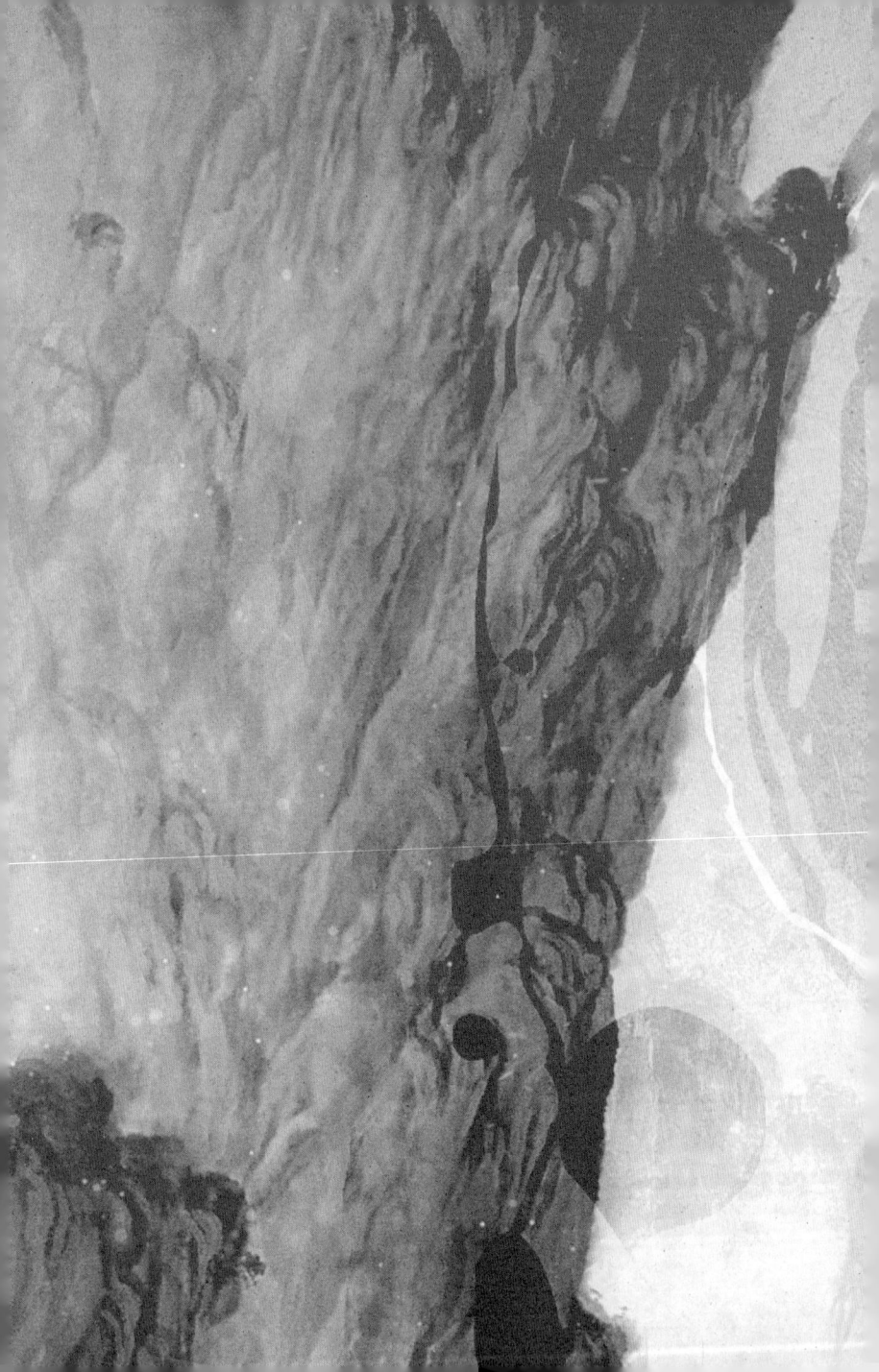

제22장	사냥의 계절	7
제23장	잿더미 속에 핀 꽃	31
제24장	시행착오	61
제25장	내가 강호의 법(法)이다	89
제26장	무란청의 비극	115
제27장	생사혈전(生死血戰)	143
제28장	강함이 진리다	169
제29장	무영단(武英檀)	197
제30장	치명적	223
제31장	쟁천소매(爭天掃埋)	253
제32장	강호로	283

第二十二章
사냥의 계절

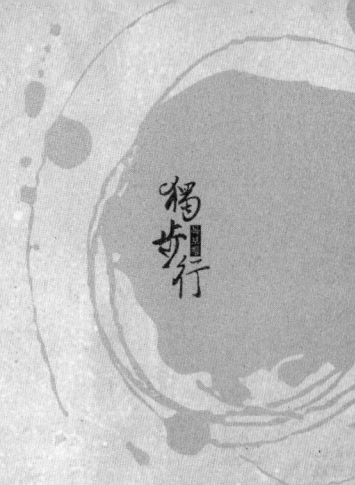

 마학사가 대무영에게 새로운 돈벌이를 제안했다.
 그의 말대로만 하면, 그리고 그가 사기를 치는 것이 아니라면 떼돈을 벌 수 있게 되었다.
 원래 마학사는 대무영에게 구미가 당기는 돈벌이를 제시하려고 그의 집에 찾아왔다가 주지화에게 발각되어 제압되고 만 것이다.
 마학사에게 대무영의 집을 어떻게 찾았느냐고 묻는 것은 어리석은 질문이고 그에 대한 모욕이다.
 하늘 아래에서 마학사가 찾지 못하는 사람이나 장소는 없다는 사실을 알 만한 사람들은 다 알고 있다.

마학사가 제안한 돈벌이라는 것은, 그가 도패왕 등 몇몇 고수하고 거래하고 있는 돈벌이와 같은 것이다.

쟁천십이류의 여섯 번째 등급인 왕광 도패왕의 예를 들어보기로 하자.

마학사는 도패왕의 전신을 만들어서 주로 왕광 바로 아래 등급인 군주들을 찾아다니면서 팔고 있다.

무림청에 현재 등록된 군주는 모두 이백오십삼 명이다. 백여 년 전에는 군주가 불과 삼십여 명이었는데 세월이 흐를수록 수가 점차 많아지고 있다.

그만큼 강호 전체가 강력해지면서 많은 고수를 배출하고 있다는 뜻이다.

마학사가 팔고 있는 도패왕의 전신은 사실상 부르는 것이 값이다.

돈이 많을 것 같은 인물에겐 비싼 값을 부르고 그렇지 않으면 조금 싸게 부른다.

그래도 은자 천 냥 이하로는 절대 팔지 않는다. 그는 대무영에게 도패왕의 전신을 은자 천 냥에 팔려고 했었다. 그가 부자로 보이지 않았기 때문이다.

마학사는 사람을 찾는 일에는 귀신이나 다름이 없으므로 군주를 어떻게 찾을지는 조금도 걱정하지 않는다.

또한 전신을 어떤 식으로 팔지에 대해서도 걱정 따윈 하지 않는다.

강호의 모든 쟁천십이류는 한 등급 위로 상승하기 위해서 목숨을 내놓을 정도로 필사적이다.

그러므로 군주들이 은자 천 냥, 혹은 몇 천 냥에 도패왕의 전신을 사는 것은 조금도 아까워하지 않는다. 오히려 자신에게 찾아온 행운이라고 여길 정도다.

마학사는 도패왕하고 지금까지 일 년 정도 이 장사를 해오고 있는 중이다.

이익은 똑같이 절반씩 나눈다. 겉보기에는 도패왕이 손해인 것 같지만 절대 그렇지 않다.

마학사가 없다면 도패왕은 한 푼도 벌 수 없다. 원래 도패왕은 이런 돈벌이를 할 생각도 하지 못했었다.

일 년 전 어느 날 마학사가 그를 찾아와서 귀가 번쩍 뜨이는 제안을 했고, 도패왕은 생각해 볼 것도 없이 그 자리에서 수락했었다.

천하 구석구석에 숨어 있는 군주들을 찾아다니면서 전신을 파는 일은 마학사 아니면 할 인물이 없다. 그러므로 이들은 전형적인 악어와 악어새의 관계라고 할 수 있다.

마학사는 정기적으로 도패왕과 만나서 그동안 번 돈을 분배했다.

마학사가 벌어들인 돈의 액수를 속일 수는 없다. 도패왕이 도전자하고 싸우기 전에 전신을 누구에게 얼마에 샀는지 물어볼 수도 있기 때문이다.

마학사가 속이려 한다면 거래에 종지부를 찍는 정도가 아니라 도패왕에게 죽음을 당할 것이다.

그리고 장사는 여기에서 끝나지 않는다. 더 큰 이득의 장사가 남아 있다. 그것이 본업이라고 해야 할 것이다.

도패왕은 그동안 자신이 싸워서 이긴 군주들의 군주증패와 간혹 섞여 있는 후선증패 따위를 모아서 지니고 있다가 그것을 마학사에게 건네준다.

그럼 마학사는 그것들을 필요로 하는 인물들에게 큰돈을 받고 판다.

군주증패 역시 부르는 게 값이지만, 최하 은자 십만 냥에 파는 것이 정해져 있다.

아무에게나 파는 것이 아니다. 군주 정도의 실력이나 그에 조금 못 미치는 고수에게만 판다.

마학사에게서 돈을 주고 군주증패를 산 인물들은 이른바 사이비 쟁천십이류 군주다.

하지만 진짜 군주증패를 지니고 있으므로 절반은 군주라고 할 수 있다.

마학사는 그런 식으로 돈을 벌고 또 강호에 존재하는 군주의 수의 형평을 맞춘다.

어떨 때에는 자신이 군주중패를 판 인물에게 도패왕의 전신을 팔아서 그 인물이 도패왕에게 도전하여 죽게 만든다. 은자 천 냥에 전신을 팔고 군주중패를 다시 회수하기 때문에 은자 십만 냥을 다시 벌게 된다.

그래서 심한 경우에는 하나의 군주중패가 돌고 돌아서 서너 번씩이나 도패왕 손에 들어올 때도 있다. 돈벌이라면 마학사는 피도 눈물도 없는 인간이다.

마학사가 대무영에게 제안한 돈벌이가 바로 그것이다.

그는 도패왕 외에도 몇 명의 왕광과 존야와 거래를 하고 있지만 군주하고는 이번이 처음이다.

대무영이 군주인데도 불구하고 그와 거래를 하려는 이유는 그의 가능성을 봤기 때문이다.

대무영이 단월도군을 죽인 실력으로 봤을 때 마학사는 그가 최대한 왕광까지는 올라가지 않을까 추측했다.

같은 왕광이라면 도패왕에 비해서 대무영이 훨씬 더 상품 가치가 있다는 것이 마학사의 확신이다.

대무영은 지금 막 떠오르고 있는 태양이다. 더구나 마학사가 매력을 느낀 것은 대무영이 어리숙해서 속이기 좋다는 사실 때문이다.

그런데 그것은 마학사의 오산이었다. 대무영 옆에 옥봉검신 우지화가 있을 줄은 전혀 계산에 넣지 않은 것이다.

*　　*　　*

마학사가 보름 만에 돌아왔다.
쿵!
그는 탁자에 하나의 작은 상자를 묵직하게 내려놓았다.
탁자 앞에 나란히 앉아 있던 대무영과 주지화는 그저 담담한 얼굴로 상자를 쳐다보았다.
그러나 북설과 용구는 벌떡 일어나 눈을 반짝이면서 상자 쪽으로 상체를 기울이며 호기심 어린 표정을 지었다. 상자에 돈이 들었다고 짐작한 것이다.
드극…….
마학사가 상자를 열자 안에는 누런 금화가 수북하게 들어 있었다.
"금화 천 냥이오."
마학사는 어떠냐는 듯 뻐기는 표정을 지었다.
"명협중패는 이백 냥, 공부중패는 육백 냥에 팔았소. 운이 좋아서 제값을 받은 것이오."
그는 대무영이 지니고 있던 두 개의 명협중패와 한 개의 공부중패를 팔러 갔다가 보름 만에 돌아왔다.

그가 가져온 것은 금화다. 그러니까 명협증패는 은자 만 냥, 공부증패는 삼만 냥에 팔았다는 뜻이다.

북설은 상자에 수북한 금화를 보고 눈이 뒤집혀서 제정신이 아니다.

이것은 화무관에서 도전자들에게 도전료와 구경 값을 받는 것하고는 비교가 되지 않는 엄청난 수입이다.

대무영과 용구도 눈을 휘둥그렇게 뜨고 금화를 보고 있지만 북설하고는 마음이 전혀 다르다.

두 사람은 이렇게 많은 금화를 처음 보는 거라서 그저 단순하게 놀라는 것이다.

용구는 처음부터 자신하고는 상관이 없는 일이니까 금화에는 추호도 욕심을 갖지 않았다. 그저 대무영이 돈을 벌었다니까 덩달아서 좋아하는 것이다.

"이제 됐소?"

마학사는 공손하지만 약간 못마땅한 듯 주지화를 쳐다보며 어깨를 으쓱거렸다.

사실 마학사한테는 대무영과 북설 정도는 밥이나 다름이 없는 존재다.

마학사 같은 능구렁이가 대무영과 북설쯤 눈 뻔히 뜨고서 발가벗겨 먹는 것은 식은 죽 먹기다.

보름 전에 마학사는 제압된 상황에서 자신이 이곳에 왜 왔

사냥의 계절 15

는지, 즉 자신의 장사 수법을 대무영에게 자세히 설명하고 그의 동의를 얻는 데 성공했었다.

북설은 상상만 해도 엄청난 돈벌이라면서 길길이 날뛰며 좋아했었다.

그런데 끝까지 침묵을 지키며 제안을 다 듣고 난 주지화가 한마디 했다.

"마학사. 넌 사기꾼이잖아."

주지화는 돈벌이에 대해서는 별다른 흥미가 없었다. 다만 강호에 사기꾼이라고 소문이 파다한 마학사가 대무영을 속이고 등쳐 먹을까 봐 염려를 했다.

그래서 마학사에게 손을 써두었다. 금제(禁制)를 가한 것이다. 특수한 점혈수법으로 마학사를 제압하여 정한 시간 안에 해혈을 받지 않으면 처절하게 고통을 받다가 죽도록 만들어 놓았다.

"자, 여기에서 내 몫으로 반을 가져가겠소."

좌륵!

마학사는 상자의 금화를 탁자에 쏟았다.

"반은 너무 많잖아?"

주지화가 못마땅한 듯 딴죽을 걸었다.

"너는 한 명이고 이쪽은 사람이 많으니까 제대로 잘 분배해야 한다."

주지화는 나이가 어리면서도 아무에게나 반말이고 건방지며 무례하고 굴었다.

마학사는 그녀에게 점혈수법으로 제압된 몸이면서도 돈에 대해서만큼은 굽히지 않았다.

물릴 줄 모르는 한없는 욕심, 계학지욕(谿壑之慾)이란 그를 두고 하는 말인 듯했다.

"사람이 많은 건 그쪽 사정이오. 내 쪽에 사람이 백 명이라면 내게 더 많이 분배해 주겠소?"

마학사는 목을 내놓고 자기주장을 굽히지 않았으나 주지화는 대답하지 못했다.

그의 말이 맞기 때문이다. 다만 주지화는 무슨 트집을 잡으려고 마학사를 차갑게 쏘아보았다.

"내가 아니었으면 이런 돈벌이는 꿈도 꾸지 못할 것이오. 분배가 마음에 들지 않는다면 지금 당장 거래를 그만둬도 무방하오."

마학사는 기세등등했다. 사실 대무영 같은 봉을 놓치면 자신이 더 손해인데도 배 째라는 식으로 당당했다.

그러자 대무영이 중재에 나섰다.

"우리는 됐으니 반반씩 나눕시다."

그는 마학사가 자신들을 속이지 않을까 경계하고 있지만 분배만큼은 절반씩 나누는 게 좋을 것 같았다. 그의 말마따나 마학사가 아니었으면 이런 수지맞는 돈벌이는 꿈도 못 꾸었을 테니까 말이다.

그러나 대무영은 주지화의 역할을 중요하게 생각하고 있다. 그녀는 매우 총명하고 또 고강해서 마학사를 완벽하게 견제하고 있다.

마학사는 금화를 정확하게 오백 냥씩 절반으로 나누어 자신의 몫 오백 냥을 따로 준비해 온 가죽주머니에 담아 봇짐에 넣고 둘러멨다.

이어서 그는 주지화에게 요구했다.

"쟁천중패 판 돈을 갖고 도망가지 않았으니까 이제 점혈수법을 풀어주시오."

"안 된다. 무영 오라버니하고 거래를 계속하는 한 그 상태를 유지해야 한다."

주지화는 단호했다. 그녀는 마학사가 대무영을 해치거나 피해를 입힐 수도 있기 때문에 그에 대한 제재가 필요하다고 믿었다.

마학사는 대무영을 가리키며 잘라서 말했다.

"알았소. 소저께서 원하는 것이 내가 이 녀석하고 거래하지 않는 것이라면 그렇게 할 테니까 금제를 풀어주시오."

"그렇다면 풀어줄 테니까 당장 꺼져라."

주지화는 흡족한 미소를 지으며 마학사에게 손을 뻗었다.

그녀는 마학사 같은 지저분한 사기꾼하고 대무영이 연관되는 것이 싫었다.

또한 언젠가 마학사가 호되게 대무영의 뒤통수를 칠 것 같아서 처음부터 이 거래를 반대했었다.

그러나 그녀는 큰돈을 벌고 싶다는 대무영의 열망을 꺾지 못해서 그 대신 마학사에게 금제를 가했던 것이다.

그녀의 점혈수법은 사문의 특수한 수법이므로 천하에서 그것을 해혈할 수 있는 사람은 그녀와 주도현, 그리고 사부 세 사람뿐이다.

사실 그녀는 마학사가 스스로 물러나도록 유도하려고 의도적으로 괴롭혔는데 결국 그가 백기를 들었다.

"조장……."

북설은 안색이 하얗게 질려서 대무영보고 어떻게 해보라고 그의 옷깃을 잡아당겼다. 굴러 들어온 호박이 다시 굴러 나가려고 하는 것이다.

대무영 역시 이런 좋은 돈벌이를 그만두고 싶지는 않았다.

"나는 마학사하고 거래를 계속하겠다."

마학사는 회심의 미소를 지었다.

"그에게 가한 금제를 풀어줘라."

주지화는 착잡한 표정으로 대무영을 바라보다가 이윽고 마학사 쪽으로 돌아앉았다.

"똑바로 서라."

꼿꼿한 자세로 앉아 있는 주지화 앞에 몸을 쭉 펴고 선 마학사는 그녀를 쳐다보다가 문득 불길한 느낌을 받았다.

담담하게 미소 짓고 있는 주지화의 두 눈 속에서 무언가 찰나지간에 일렁이는 어떤 눈빛을 발견한 것이다.

'위험하다!'

쟁천십이류의 신위인 주지화는 마학사 따위는 손도 대지 않고 죽일 수 있는 능력의 소유자다.

더구나 마학사는 주지화의 진짜 신분이 무엇인지 알고 있는 극소수의 사람 중 하나다.

그러므로 그녀가 진짜 무서운 이유가 바로 그 신분 때문이라는 것을 누구보다 잘 알고 있다.

그 신분에 의하면 주지화는 태양 같은 존재이고 마학사는 한 마리 벌레나 다름이 없다.

그러므로 그녀 앞에서 어깃장을 부리다가 죽음을 당하는 것은 개죽음이나 마찬가지다.

지금 마학사는 주지화의 눈에서 살기를 감지했다. 살기에는 여러 가지가 있으나 주지화처럼 부드럽게 미소를 지으면서 상대를 죽이는 소면살(笑面殺)이 가장 무섭다.

그녀가 마학사를 죽여 놓고서 대무영에게는 실수를 했다는 둥 얼버무리면 대무영으로서도 어쩔 수 없을 것이고, 죽은 마학사만 억울할 뿐이다.

옥봉검신에 대해서 마학사 자신이 알고 있는 여러 가지 소문을 종합해 보면 그녀는 이런 상황에서 충분히 마학사를 죽이고도 남을 여자다.

슥……

주지화가 백옥처럼 희고 투명한 손을 들어 올렸다. 그 손으로 마학사를 죽일지 점혈수법을 풀어줄지는 그녀 자신만 알고 있다.

마학사는 극도로 초조한 표정으로 비지땀을 흘리다가 그녀가 막 손을 쓰려고 할 때 급히 내뱉었다.

"그만!"

"왜 그러느냐?"

마학사는 일그러진 표정을 지었다.

"그냥 이대로 금제를 당하고 있는 것이 낫겠소."

주지화는 거의 표정의 변화가 없었다. 다만 새빨간 입술 끝이 미미하게 올라가며 미소를 지었고 두 눈 속에 담겨 있던 살기가 흐려졌다.

"그러겠느냐?"

"음! 그… 러겠소."

주지화는 대무영을 보면서 보다시피 이렇게 돼서 어쩔 수 없다는 듯 두 팔을 벌리며 어깨를 으쓱했다.

"어떻게 해요, 무영 오라버니?"

주지화와 마학사 사이에 오고 간 팽팽한 그 무엇을 모르는 대무영은 진지한 얼굴로 마학사에게 물었다.

"정말 괜찮겠소?"

마학사는 복잡한 표정을 지었다. 어떻게 된 상황인지는 잘 몰라도 주지화는 대무영을 어려워하고 또 그의 말을 잘 듣는 것 같다.

하지만 이것은 매우 민감한 일이라서 대무영에게 말해서 도움을 받을 수는 없을 것 같았다.

주지화가 금제를 풀어주겠다고 했는데 마학사가 단지 그녀에게서 살기를 느껴서 그만두겠다고 한 것을 대무영에게 대체 어떻게 설명을 해야 한다는 말인가.

설혹 설명을 한다고 해도 대무영이 납득할 수 있는 일이 아니다.

"괜찮네."

마학사는 벌레 씹은 표정으로 마지못해 대답했다.

그의 여러 성격 중에서 잘 알려지지 않은 한 가지는 쇠심줄 같은 인내심이다.

타면자건(唾面自乾). 남이 내 얼굴에 침을 뱉으면 분노와 수치심을 꾹 참고 얼굴의 침이 저절로 마를 때까지 기다릴 정도로 그는 끈기와 무서운 인내심을 지니고 있다.

* * *

　마학사는 대무영에게 여덟 장의 전신을 주고 떠났다.
　거기에는 여섯 명의 후선과 한 명의 패령, 그리고 쟁천십이류가 아닌 인물 한 명. 그렇게 도합 여덟 명에 대한 용모와 인적사항이 적혀 있었다.
　마학사는 대무영의 명협중패와 공부중패를 팔러 떠났던 보름 동안 군주 단목검객 대무영의 전신을 작성하여 여덟 명에게 팔았다.
　그래서 그는 그 여덟 명에 대한 것들을 전신으로 작성하여 대무영에게 준 것이다.
　어떻게 생긴 인물들이 도전자이며 어떤 무공을 구사하고 또 어디에 살고 있는지 등의 특징을 대무영이 미리 알고 있으면 도움이 될 것이라는 게 마학사의 뜻이다.
　마학사에게 대무영은 하나의 훌륭한 상품이다. 상품이 망가지면 곤란하기 때문에 열성을 다하는 것이다.
　그는 떠나기 전에 전신 여덟 장을 판 돈의 절반인 은자 만 삼천오백 냥을 대무영에게 넌지시 주고 갔다. 다른 사람 모르게 너 혼자 가지라는 뜻이었다.
　여섯 명의 후선과 한 명의 패령에겐 천 냥씩 칠천 냥을 받았으며, 나머지 한 명 쟁천십이류가 아닌 인물에게는 무려 이만 냥을 받았다고 한다.

쟁천십이류가 아닌 자가 무엇 때문에 군주인 대무영의 전신을 구입한 것인지는 모를 일이지만, 그자는 자격미달이기 때문에 이만 냥을 받았다.

마학사는 자신의 지금까지 경험으로 미루어 쟁천십이류가 아닌 자, 즉 무자격자가 가장 위험한 도전자가 될 확률이 높다고 했다.

어쨌든 전신을 판 돈과 두 개의 명협증패와 하나의 공부증패를 팔고 분배한 돈 이만 오천 냥을 합치니까 삼만 팔천오백 냥이 되었다.

대무영은 마학사가 은근슬쩍 쥐어준 돈을 혼자 차지하지 않았다. 마학사는 아직 대무영을 모른다. 그런 돈을 혼자 꿀꺽할 그가 아니다.

그는 자투리 팔천오백 냥을 선뜻 용구에게 떼어주고 삼만 냥을 북설과 만 오천 냥 절반씩 똑같이 나누었다. 주지화는 자신은 한 푼도 필요 없다고 일찌감치 못 박았었기 때문에 분배에서 제외했다.

대무영의 분배에 대해서는 모두 말들이 많았다. 주지화는 북설과 용구는 아무것도 한 게 없는데 왜 나누어주느냐고 했고, 가만히 앉아서 만 오천 냥씩이나 받은 북설은 자신의 주제도 모르고 용구는 왜 주느냐고 서슬이 퍼렇게 따지고 들었다.

더구나 용구는 자신은 아무것도 한 게 없으니까 절대로 받을 수 없다면서 버텼다.

그렇지만 대무영으로서는 그 돈을 자기 혼자서 독식할 수는 없었다. 북설이나 용구를 가족, 그리고 친구로 생각하기 때문이다.

그래서 그는 돈을 받지 않거나 분배 방법에 대해서 불만이 있는 사람은 당장 떠나라고 으름장을 놓았다. 그것으로 작은 분쟁은 해결되었다.

대무영은 그 돈 역시 낙양 용성전장에 맡김으로써 지난번 돈하고 합쳐서 도합 만 칠천오백 냥이 되었다.

세상에 태어나서 그처럼 엄청난 거금을 처음 갖게 된 그는 천하를 다 가진 것처럼 마음이 든든했다.

마학사의 말로는 전신을 팔고 난 후 보름에서 한 달 사이에 도전자들이 줄지어 온다고 했다.

그는 낙수 중류의 선양현(宣陽縣) 조금 못 미친 강가에 빈 장원 한 채를 빌려두었다.

대무영네 주루 무란청에서 강을 따라 상류로 올라가 낙수 천화를 지나면 나오는 곳이다.

도전자들에게 판 전신에는 단목검객 대무영이 그 장원에서 칩거하고 있다고 기록해 놓았다.

그러므로 대무영은 당분간 그 장원에서 기거하면서 여덟 명의 도전자와 싸워야 한다.

마학사는 장원까지 미리 구입해 놓는 치밀함을 보였다. 떼돈은 그냥 벌리는 것이 아니라 사전의 노력과 치밀함, 그리고 일이 끝난 후의 깔끔한 뒤처리까지도 중요하다. 그 모든 일을 마학사가 하고 있었다.

향후 도전자들은 선양현의 장원으로 띄엄띄엄 찾아올 테니 도전자 여덟 명을 다 이길 때까지 대무영은 그곳에서 묵어야 하는 것이다.

대무영은 가족들과 떨어져서 한 달 동안 외따로 떨어진 곳에서 혼자 지내야 한다는 사실이 마음에 들지 않았으나 그것도 돈을 벌기 위한 작은 희생이라고 생각했다.

대무영은 주지화와의 싸움에서 목검이 도막 났기 때문에 새로운 목검이 필요했다.

목검을 만들기 위해서 여기저기 알아봤으나 마땅한 목재(木材)를 발견하지 못했다.

주지화는 목검 대신 진검을 사용하라고 권했으나 대무영은 목검이 손에 익은 탓에 진검은 불편했고 또 께름칙했다.

더구나 진검은 사람의 몸을 찌르고 자르며 피를 철철 흘리게 하는 것이 싫었다.

그래서 결국 그는 자신이 마지막으로 무술을 수련했던 화산에 가서 박달나무를 구해 목검을 만들기로 했다.

화산에 가면 적당히 오래된 질 좋은 박달나무 군락지를 알고 있어서 구해오는 것은 어렵지 않다.

대무영은 화산에서 목검 열 자루를 잘 다듬어 천으로 싸서 등짐으로 만들었다.

강호에서 활동하는 동안 계속 목검을 사용할 것이기 때문에 아예 열 자루를 미리 준비한 것이다.

오랜만에 화산 미류봉 동굴에서 하룻밤을 지내고 이른 새벽에 출발하여 부지런히 달려서 낙양 근처에 이르니 술시(밤 8시)쯤 되었다.

화산까지 가는데 하루, 화산에서 하루를 보내고 또 오는데 하루, 도합 사흘이 걸렸다.

마학사는 도전자들이 보름 후부터 오기 시작한다고 했으니까 앞으로 십이 일이나 남았다. 그러므로 열흘 정도는 집에서 지낼 수 있을 것이다.

어느덧 집에 거의 당도하여 낙수천화를 지나게 되었다.

상류 쪽 관도로 오다 보니까 낙수천화를 지나게 되는데, 첫 번째부터 열 번째 기루까지 잿더미로 화한 광경이 매우 을씨년스러웠다.

대무영 덕분에 수적 낙랑채는 완전히 소탕됐지만 낙수 상류에는 아직도 몇 개의 수적 소굴이 더 있다.

그들이 또 언제 낙수천화를 습격해서 한바탕 약탈을 할지 모르는 일이다.

수적들에게 낙수천화는 보통 마을보다 훨씬 더 구미가 당기는 약탈감이다.

각 기루에 상주하고 있는 호위무사 몇 명을 제외하면 죄다 여자뿐이고 반면에 돈이나 패물은 많으니까 손쉬운 먹잇감일 수밖에 없다.

완전히 잿더미로 변한 열 채의 기루는 지금까지도 그대로 방치된 상태였으며 밤에 보니까 귀신이라도 나올 것처럼 으스스한 분위기였다.

열 채의 기루에서 수십 명이 죽음을 당하고 불타서 죽었으니까 영혼이 있다면 저승으로 가지 못한 원혼들이 이곳을 떠돌고 있을 법도 하다.

예전에 이곳을 지날 때면 기녀들이나 호객꾼들이 기루 앞에 나와서 갖은 교태를 부리며 지나는 남정네들을 유혹했었는데 이제 그런 광경은 더 이상 볼 수가 없다.

열 채의 기루가 잿더미가 된 것을 낙수천화 전체가 슬퍼하고 있어서 초상집 같은 분위기였다.

대무영이 열 채의 잿더미를 지나자 비로소 기루들이 나타나며 오색불빛이 환하게 밝았고, 기녀들이 거리에 나와 있는데 예전처럼 신명나게 호객하지 않고 그저 시름없이 앉거나 서 있는 모습이었다.

대무영은 평소에 가끔 이곳을 지날 때면 기녀들이 호객하는 바람에 귀찮았었는데 지금은 오히려 그러지 않아서 서글펐다. 그 이유를 알기 때문이다.

기루 앞에 앉아 있는 기녀들은 지나가는 대무영을 힐끗거리며 쓸쓸한 표정으로 쳐다보기만 할 뿐 호객할 생각은 하지 않았다.

기녀들은 대무영이 낙랑채를 궤멸시키고 납치됐던 기녀들을 구했다는 사실은 전혀 모르고 있는 것 같았다.

"동생!"

걸음을 빨리해서 걷고 있는 대무영 뒤에서 어떤 여자의 쨍! 하는 쇳소리 같은 목소리가 들렸다.

그러나 대무영은 이런 곳에서 자기를, 그것도 동생이라고 부를 여자가 없으므로 그 목소리가 자신을 불렀다고는 생각하지 않았다.

"동생! 숫총각 동생!"

그런데 방금 그 목소리가 뒤쪽에서 더 가깝게 들리며 그중에서 '숫총각'이라는 부름이 대무영의 귀를 잡아당겼다. 그 말은 누군가에게 들어본 적이 있었다.

그러고 보니까 쇳소리가 섞인 이 목소리도 조금 귀에 익은 것 같았다. 그가 걸음을 멈추고 뒤돌아서니까 뜻밖에도 기녀 월영이 종종걸음으로 달려오고 있었다.

대무영이 수적 낙랑채의 배에서 기녀들을 구할 때 그를 도와주었던 바로 그 기녀 월영이었다.

그녀는 달려오느라 얼굴이 빨개져서 대무영 앞에 멈추고는 그의 가슴을 붙잡고 숨을 할딱거렸다.

서글서글한 미모에 키가 크고 늘씬한 그녀가 까만 눈을 반짝이면서 입에서 하얀 김을 뿜어내며 할딱거리는 모습은 몹시 싱그럽고 귀여워 보였다.

대무영은 비틀거리는 그녀를 안듯이 붙잡으며 웃었다.

"월영 누님 아닙니까?"

"하아… 하아아… 숫총각 동생 발견하고 곧장 달려왔는데……. 무슨 걸음이 그렇게 빨라… 하아……."

수적 낙랑채 배에서 맺은 길지 않은 인연인데 두 사람은 마치 오랫동안 알고 지냈던 사이처럼 스스럼없었다. 대무영은 자연스럽게 '월영 누님'이라 부르고, 그의 이름을 모르는 그녀는 '숫총각 동생'이라고 불렀다.

"바빠? 잠깐 들렀다 가."

월영이 그의 팔을 붙잡고 왔던 길 쪽으로 끌었다.

별로 바쁜 일 없는 대무영은 그녀를 따라가기로 했다.

第二十三章
잿더미 속에 핀 꽃

월영은 잿더미가 된 마지막 기루에서 세 번째 기루로 대무영을 데리고 들어갔다.

낙수천화의 기루들은 본채 기루와 숙소 따위 여러 채의 부속 건물로 이루어졌으며, 월영이 그를 안내한 곳은 기루 뒤쪽 강 언덕 위에 지어진 아담한 이층의 별채였다.

"술 마실 줄 알지?"

"네."

"한잔하고 가."

대무영은 그녀가 그날의 고마움을 사례하려는 것으로 생

각해서 거절하지 못했다.

다른 건물들하고는 외따로 떨어져 있는 별채는 아담했으며 누각 형태의 이층이다.

대무영이 올라간 이 층에는 화로에서 새빨갛게 숯이 타고 있으며 뜨거운 차가 담긴 주전자가 끓고 있어서 실내가 훈훈했다.

"앉아."

화로 둘레에 깔려 있는 두툼한 호피(虎皮) 바닥에 앉으라고 월영이 권했다.

"그동안 어떻게 지냈습니까?"

대무영은 앉자마자 물었다. 월영과 기녀들에 대해서 궁금하지 않았던 것은 아닌데 마학사하고의 일과 화산으로 목검을 구하러 다녀오느라 바빠서 기녀들의 안위를 알아볼 겨를이 없었다.

월영은 대무영 옆에 찰싹 붙어 앉아서 뺨을 그의 어깨에 기대며 쓸쓸한 표정을 지었다.

그런 행동은 두 사람에겐 처음인데도 대무영은 그다지 어색하지 않았다.

"갈 곳 없는 신세지 뭐."

그러나 그녀는 대무영이 걱정할까 봐 곧 밝게 웃었다.

"하하! 우린 원래 고아인데다 이런 생활은 익숙하니까 걱정하지 마. 숫총각 동생."

"이곳은……."

"이곳 주인이 우리에게 임시로 내준 거처야."

"좋은 사람이군요."

월영은 쓴웃음을 지었다.

"좋은 사람은 무슨? 칼만 안 들었지 순 날강도 같은 놈이야."

"어째서요?"

월영은 잠시 가만히 있었다. 얘기를 해줄까말까 망설이고 있는 것 같았다. 그러다가 그녀는 자세를 똑바로 하고 그를 향해 앉았다.

"숫총각 동생은 현재 낙수천화에서 가장 유명한 것이 무엇인지 알아?"

"그야… 기녀들 아니겠습니까?"

"이곳의 기녀가 몇 명이나 될 것 같아?"

"글쎄요… 이백 명 정도?"

대무영은 낙수천화에 대해서 아무것도 모른다.

탁!

"바보. 이천 명이 넘어."

"우와! 그렇게 많아요?"

"기녀들은 바깥출입을 거의 하지 않으니까 눈에 띄지 않

아. 낙수천화에 기루가 백다섯 개 있는데 한 집에 열다섯 명에서 삼십 명까지 두고 있어."

월영은 갑자기 의기양양한 표정이 되었다.

"낙수천화에서 가장 장사 잘되고 유명한 기루가 등명각(燈明閣)이었어. 우리들이 있었던 곳이지. 지금은 불타서 없어졌지만……."

대무영은 그녀가 아까부터 왜 '우리'라고 하는지 궁금했지만 잠자코 들었다.

월영의 말에 의하면, 낙랑채에게 약탈당하고 잿더미가 된 열 곳의 기루 중에서 아홉 곳의 기녀들은 뿔뿔이 흩어졌다고 한다. 그렇다고 해봐야 낙수천화의 다른 기루들로 흡수된 것이다.

낙랑채에 납치됐던 서른한 명의 기녀는 모두 등명각 한 곳의 기녀였다.

낙수천화 백다섯 개의 기루 중에서 아리따운 기녀가 가장 많은 곳이 등명각이다.

그래서 낙랑채는 등명각을 표적으로 삼아 열 채의 기루 중에서 복판에 있던 등명각 주변의 기루를 약탈하고 등명각의 기녀는 모두 납치했던 것이다.

등명각에는 낙수천화 전체를 대표하는 가히 천하의 기녀들 중에서 가장 아름답다는 해란화가 있다.

그래서 낙랑채의 최종 목표는 해란화였을 것이라는 후문이 나돌았었다.

월영이 대무영에게 물었던 낙수천화에서 가장 유명한 것은 바로 해란화였다.

잿더미가 된 아홉 채의 기루에 속해 있던 기녀들은 낙수천화 곳곳으로 뿔뿔이 흩어졌으나 해란화와 월영을 비롯한 등명각의 기녀들은 그러지 않았다.

아니, 그럴 수가 없었다. 등명각 기녀들은 낙수천화 최고라는 자존심으로 똘똘 뭉쳐 있기 때문에 헐값에 팔려갈 수는 없었다.

잿더미가 된 아홉 개 기루의 기녀 이백여 명은 낙수천화의 다른 기루에 거의 헐값의 계약금을 받고 기적(妓籍)을 옮겼다.

기녀들은 보통 일 년 단위로 계약금을 받고 다른 기루로 옮기거나 원래 기루에 눌러 있는데, 중급의 기녀가 은자 오백 냥 정도, 상급이면 천 냥, 특상급이면 오천 냥 이상을 받는 것이 보통이다.

계약금을 받으면 일 년 동안 다른 기루로 기적을 옮겨서는 안 된다. 그럴 경우에는 열 배의 위약금을 물어내야 하는 규칙이 있다.

그런데 잿더미가 된 아홉 개 기루의 기녀들은 상급의 경우

잿더미 속에 핀 꽃 37

은자 백 냥이라는, 시세의 십분의 일밖에 안 되는 조건으로 기적을 옮겼다.

그러니 중급이나 하급의 기녀는 어떤 조건인지 더 이상 말할 필요가 없다.

그저 밥만 먹여주고 재워준다고 하면 감지덕지한 상황이었다는 것이다.

갈 곳이 없는 기녀들의 처지를 악용한 낙수천화 기루 주인들의 횡포였다.

등명각 기녀들도 비슷한 조건을 제시받았다. 콧대 높은 등명각 기녀들이 그런 헐값을 받고 옮길 리가 없다.

더구나 해란화까지 있다. 그녀는 기녀 생활 이 년째이지만 몸값은 무려 백만 냥을 호가한다.

특상급 기녀의 계약금이 오천 냥인 것에 비교하면 무려 이백 배나 된다.

그녀 한 명이 특상급 기녀 이백 명 값어치를 한다는 뜻이다. 실제 그녀는 등명각에서 언제나 그런 극상의 수입을 올려주었었다.

등명각 주인은 해란화와 기녀들의 몫을 매월 따로 떼어서 그녀들 대신 다른 곳에 투자를 했다고 한다.

하지만 등명각 주인이 낙랑채의 습격 때 죽음을 당했으며 투자에 관련된 서류 따위가 모조리 불타 버렸기 때문에 어디에 얼마나 투자했는지도 알 수가 없다.

그러므로 돈을 회수한다는 것은 언감생심 꿈도 꾸지 못할 일이 돼버렸다.

등명각 기녀들에게 잠시 동안 기거할 곳을 내준 이곳 기루의 주인은 해란화를 비롯한 서른한 명의 기녀 모두를 싸잡아서 은자 십만 냥의 계약금을 주겠다는 입장이다.

해란화 한 사람의 가치만 해도 백만 냥인데, 서른한 명 모두에게 기껏 십만 냥을 주겠다니 실로 얼토당토않은 형편없는 금액이다.

현재 낙수천화의 모든 기루 주인이 해란화를 탐내고 있는 상황이다.

그들은 등명각 전체 기녀들이 아니라 해란화 한 명만을 원하고 있는 실정이다.

그러나 해란화는 절대로 서른 명의 등명각 기녀들과 헤어지지 않겠다고 선언했다.

해란화가 없으면 서른 명의 기녀는 몇 백 냥의 싸구려가 되어 여기저기 뿔뿔이 흩어져야만 하기 때문이다.

이곳 기루 주인이 제시한 십만 냥은 사실 해란화 한 사람의 몸값이라고 할 수 있다.

월영이 이곳저곳 알아보고 있지만 기루 주인들이 서로 입을 모아 담합을 했는지 아니면 다른 이유가 있는지 십만 냥

이상 주겠다는 곳이 나서지 않으며, 다들 해란화 한 명만 원하고 있는 형편이라는 것이다.

"그렇군요."

"털도 벗기지 않고 날 것으로 먹으려 들다니 정말 나쁜 놈들이야."

설명을 듣고 난 대무영이 고개를 끄떡이자 월영은 주먹을 쥐고 휘두르며 분을 삭이지 못했다.

그때 여자 세 명이 앉은뱅이 상과 쟁반에 요리와 술을 얹어서 갖고 와 대무영 앞에 차렸다.

차려진 요리는 대무영네 무란청에서 나오는 것보다 훨씬 못했고 차림새도 엉망이었다.

"우리가 직접 밥을 해 먹는 처지라서 요리가 형편없어. 이해해 줘."

알고 보니 이 요리들은 별채에 묵고 있는 기녀들이 손수 만들어서 갖고 온 것이다.

기녀들이 언제 요리를 만들어봤겠는가. 대무영은 그녀들의 정성이 갸륵했다.

월영은 지금까지와는 달리 무릎을 꿇고 두 손으로 공손히 술을 따랐다.

그리고는 그녀가 뒤로 물러나자 양쪽 방에서 갑자기 많은 기녀가 쏟아져 나왔다.

대무영은 한손으로 술잔을 들다가 깜짝 놀라 그녀들을 쳐다보았다.

그러다가 기녀들 맨 앞에 서 있는 한 소녀를 발견하고는 눈을 크게 떴다.

'해란화.'

낙랑채 배에서 그가 마지막으로 구해주었던 바로 그 해란화였다.

그녀는 조심스럽게 대무영을 바라보다가 그와 눈이 마주치자 얼굴을 붉히면서 눈을 내리깔았다.

해란화는 처음 봤을 때보다 훨씬 더 아름다운 것 같았다.

대무영은 심장이 쿵쾅거리고 온몸의 피가 한꺼번에 얼굴로 몰리는 것처럼 화끈거렸다.

해란화를 낙랑채의 배에서 처음 만나 그녀를 어깨에 앉히고 또 품에 안고 갑판으로 빠져나올 때도 미친 듯이 가슴이 두근거리고 당황해서 어쩔 줄 몰랐었는데 지금은 그때보다 더했다.

대무영은 설마 해란화가 갑자기 나타날 줄은 전혀 예상하지 못했었다.

그때 맨 앞의 해란화와 그 뒤쪽의 월영 등 기녀 서른한 명이 대무영에게 공손히 큰절을 올렸다.

"은공의 구명지은에 이제야 인사드립니다."

그리고 해란화가 풀잎이 서로 스치는 듯 가슴속에 스며드는 사근사근한 옥음으로 말문을 열었다.

대무영은 당황해서 좌불안석 어쩔 줄을 몰랐다.

"이러지 마시오. 이것 참……."

해란화와 기녀들은 절을 올리고 나서 모두 무릎을 꿇고 앉았다.

해란화는 두 손으로 바닥을 짚고 다소곳이 대무영을 바라보며 입을 열었다.

"천첩들은 한낱 기녀의 몸인지라 은공께 은혜를 갚을 길이 없습니다. 하지만 은공을 위한 것이라면 천첩들의 목숨을 바쳐서 무엇이든 할 각오가 되어 있습니다."

크게 당황한 대무영은 얼굴이 붉어져서 두 손을 맹렬하게 저었다.

"은혜는 무슨! 그런 말 하지 마시오!"

월영은 모든 기녀를 들어가게 하고 해란화와 함께 대무영 앞에 나란히 앉았다.

천하의 대무영이지만 아침 이슬을 머금고 피어 있는 한 떨기 수선화 같은 해란화가 앞에 앉아 있는 것을 보며 가슴이 두근거려서 어쩔 줄을 몰랐다.

해란화는 그녀대로 감히 대무영의 얼굴을 마주 바라보지 못하고 살포시 고개를 숙인 채 옷자락만 만지작거렸다.

월영은 그런 두 사람을 번갈아 쳐다보면서 빙그레 흐뭇한 미소를 지었다.

'잘 어울리는 한 쌍이지만 안타깝게도 해란화가 기녀라는 것이 흠이야.'

기녀는 아무리 아름답고 잘나도 가장 밑바닥 계급일 수밖에 없다.

월영은 대무영을 보며 푸근한 미소를 지었다.

"동생, 지금은 이렇게밖에 대접을 못하니 이해해 줘. 나중에 우리가 자리를 잡으면 크게 한턱 낼게."

대무영은 화들짝 놀라서 두 손을 마구 저었다.

"어이구! 월영 누님! 그런 말씀 마십시오!"

그는 고개를 숙이고 있는 해란화를 힐끗 보고 나서 월영에게 걱정스럽게 물었다.

"그건 그렇고, 앞으로 어쩌실 겁니까?"

월영의 얼굴이 어두워졌다.

"낙수천화에서 갈 만한 곳을 알아보고 있는데 다들 거기서 거기야. 결국 마지막에 가서는 이곳에 몸을 의탁할 수밖에 없을 것 같아."

"그런 말도 안 되는 계약금을 받고 말입니까?"

"방법이 없는데 어쩌누."

월영은 고개를 숙이고 속상한 듯 애꿎은 호피털만 잡아당졌다.

"우리가 있었던 등명각 주인은 좋은 사람이라서 우리에게 여러모로 잘해주었는데……."

그녀는 고개를 들고 안쓰러운 듯 해란화를 쳐다보았다.

"그 주인은 특히 얘를 예뻐해서 손님들 잠자리 시중은 절대 들지 못하게 했었어. 그래서 얘가 아직 순결한 몸을 유지할 수 있었던 게야."

해란화는 귓불까지 빨개져서 더욱 고개를 숙였다.

"그 주인은 어떻게 해야지만 해란화의 가치를 높일 수 있는지 알고 있었던 거야. 아무리 해란화라고 해도 한 번 잠자리 시중을 들고 나면 다른 기녀들하고 똑같아질 수밖에 없어. 그럼 상품가치도 끝이지."

월영은 고개를 설레설레 가로저었다.

"그렇지만 이곳 주인이나 다른 기루 주인들은 달라. 얘를 무조건 손님들 잠자리 시중부터 들게 할 거야. 그게 당장 큰 돈이 되거든."

대무영은 놀라서 눈을 크게 뜨고 해란화를 쳐다보았다. 그녀가 이 사내 저 사내에게 농락당한다는 생각을 하자 갑자기 눈앞이 캄캄해졌다.

해란화의 일인데 왜 자기가 충격을 받는 것인지 생각할 겨를도 없었다.

그런데 그때 마침 해란화도 그를 쳐다보다가 두 사람의 눈이 마주쳤다.

그러나 두 사람은 아까처럼 놀라지도 외면하지도 않았다. 대무영은 안타까움이 가득 담긴 눈빛으로, 해란화는 쓸쓸함이 가득한 눈빛으로 잠시 서로를 쳐다보았다. 그러다가 그녀는 다시 고개를 숙였다.

대무영은 팔짱을 끼고 고개를 이리저리 꼬면서 곰곰이 생각에 잠겼다.

생각하는 것은 딱 질색인 그가 해란화와 월영 등을 위해서 머리가 지끈거리는 것도 참으면서 궁리를 거듭하고 있는 것이다.

그러다가 아란이 하남포구 근처에 주루를 개업했던 일이 생각났다.

주루를 인수하고 내부와 집수리까지 포함해서 총 칠천 냥쯤 든 것으로 알고 있다.

"월영 누님. 아예 기루를 하나 짓는 것은 어떻습니까?"

월영은 어이없는 표정을 지었다가 고개를 가로저었다.

"우리한테 그만한 돈이 어디에 있겠어?"

"얼마나 드는데요?"

대무영은 해란화와 월영을 위해서라면 자신이 모아둔 은자 이만 냥을 서슴없이 내놓을 생각이다.

잿더미 속에 핀 꽃 45

월영은 허공을 응시하며 눈을 깜빡이면서 잠시 생각하다가 입을 열었다.

"못해도 오십만 냥 정도는 있어야 할 거야. 그래야 기루다운 기루를 지을 수 있겠지."

"그렇게 많이 들어요?"

대무영은 실망을 금치 못했다. 무란청과 그에 딸린 집까지 칠천 냥이었으니까 기루는 그 두 배 정도면 충분하지 않을까 생각했었던 것이다.

그러나 그것은 그가 아무것도 모르기 때문이다. 기루는 덩치만 해도 무란청 같은 주루의 이삼십 배에 달한다.

그리고 기루 하나에 건물이 적게는 십여 채에서 많게는 삼십여 채에 이르고, 각 건물 안에 들어가는 장식은 최고급으로 화려하게 해야 하며, 기루 하나에 딸린 숙수와 하인, 하녀 등 속 백여 명 이상을 거느려야 하고, 기루에 필요한 물품을 사들여야 하는 것까지 따진다면 오십만 냥 이상 들 수도 있다.

'오십만 냥이라……'

대무영은 술잔을 만지작거리며 다시 골똘히 생각에 잠겼다. 하지만 은자 오십만 냥이면 엄청난 거액이다.

그는 자신이 큰돈을 벌고 있다고 생각했으나 오십만 냥을 벌려면 족히 몇 년은 걸릴 것이다.

월영은 대무영이 술도 마시지 않고 고심하는 모습을 보고는 가슴이 짠했다.

자신들의 목숨을 구해준 그가 그런 것까지 걱정해 주는 것이 고맙기도 하고 미안하기도 했다.

"어떻게든 될 거야. 그러니까 동생은 아무 걱정하지 말고 술이나 마셔."

"아… 네."

월영은 빙그레 미소 지으며 마치 타령을 하듯이 중얼거렸다.

"묘창해지일속(渺滄海之一粟). 기녀는 드넓은 바다에 좁쌀 한 알 같은 하잘 것 없는 존재야. 기녀는 어디를 가든, 어떻게 살든 죽을 때까지 기녀를 벗어날 수가 없어."

대무영이 쓸쓸한 표정으로 술잔을 비우자 월영이 해란화를 채근했다.

"뭘 하니? 동생 술 따라야지."

"아……."

대무영은 빈 잔을 내민 채 해란화가 술을 따르는 것을 물끄러미 바라보았다.

몇 번을 보고 또 봐도 정말로 아름다운 소녀다. 내리깔고 있는 눈의 긴 속눈썹이 우아하게 뻗어 있었다.

아름답기로 따지면 해란화와 주지화는 우열을 가리기 어려울 정도다.

잿더미 속에 핀 꽃 47

해란화는 다소곳하고 청순하며 고즈넉하고, 주지화는 괄괄하고 거칠 것이 없으며 다혈질이다.

대무영이 그토록 아름다운 주지화 앞에서 괜찮을 수 있었던 이유는 그녀가 그를 스스럼없이 대하기 때문이다. 그러지 않았다면 그는 주지화의 얼굴을 똑바로 쳐다볼 수도 없었을 것이다.

문득 대무영은 해란화의 얼굴에 깊이 드리워져 있는 숙명 같은 슬픔을 느꼈다. 해란화는 평생 한 번도 웃어본 적이 없는 것 같았다.

"그런데 동생 이름이 뭐야?"

월영이 생각난 듯 묻자 해란화는 궁금한 듯 고개를 들고 말끄러미 대무영을 바라보았다.

"대무영입니다."

"멋진 이름이구나. 그럼 이제부터 무영 동생이라고 부를게. 괜찮겠어?"

"그러십시오."

"너는 무영가(武英哥)라고 불러라."

"네."

월영이 말하자 해란화는 조그만 목소리로 대답했다. 해란화는 십오 세에 동기가 되어 이제 십칠 세였다.

문득 해란화는 고개를 들고 대무영을 바라보면서 발갛게

얼굴을 붉히며 말했다.

"무영가."

"헤에……."

대무영은 너무 좋아서 입이 벌쭉하게 벌어졌다.

"무영 동생, 먼지 들어간다. 입 닫아라."

월영이 우스갯소리를 하자 대무영과 해란화는 똑같이 얼굴을 붉혔다.

* * *

집에 돌아온 대무영은 해란화와 월영 때문에 걱정이 돼서 아무것도 손에 잡히지 않았다.

그녀들과의 술자리를 파하기 직전에 월영이 한 말이 대무영의 가슴에 대못이 되어 박혔다.

"아마 이삼 일 사이에 결정하게 될 거야. 하지만 기적이 일어나지 않는 한 우리들은 이곳 승화루(昇花樓)하고 계약하게 되겠지."

대무영은 해란화와 월영을 만나기 전까지만 해도 앞으로 치러야 할 여덟 번의 싸움에 대해서 많은 생각을 했었는데, 지금은 그런 것이 하나도 머리에 들어오지 않았다. 머릿속에는 오로지 해란화에 대한 걱정뿐이다.

자신이 해란화를 좋아하는 것도 아닌데 그녀가 이삼 일 후에는 뭇 사내들에게 몸을 더럽혀야 한다고 생각하니까 오장육부가 다 뒤집히는 것만 같았다.

도대체 어째서 그녀의 일이 자신의 일보다 더 중요해졌는지 모를 일이다.

'오십만 냥이라니……. 그런 큰돈을 대체 어디에서…….'

침상에 누워 있던 대무영은 내내 그 생각만 하다가 벌떡 일어나 침상에서 내려왔다.

아무리 고심에 고심을 거듭해 봐도 그가 돈을 구할 수 있는 곳은 주지화와 마학사뿐이다.

그렇지만 마학사는 이곳에 없다. 보름 혹은 한 달 후에나 돌아올 것이다.

일전에 마학사가 대무영에게 새로운 돈벌이에 대해서 구체적으로 설명했을 때 주지화는 결사적으로 반대를 하면서 돈이라면 자기가 얼마든지 줄 테니까 마학사하고는 거래를 하지 말라고 했었다.

그러면서 그녀는 실제로 품속에서 몇 장의 전표를 내놓았는데 놀랍게도 그것은 은자 백만 냥짜리 세 장이었다. 그녀는 보통사람은 평생 만져볼 수도 없는 엄청난 거금을 늘 품속에 지니고 다녔던 것이다.

더 놀라운 일은 그 돈 삼백만 냥을 대무영에게 줄 테니까 마학사하고 거래를 하지 말라는 것이었다. 그것 외에는 아무 조건도 없고 갚을 필요도 없다고 했다.

그러나 그 당시에 대무영은 그녀에게 이유도 없이 돈을 받을 수 없다고 일언지하에 거절했었다. 그는 자신이 노력해서 번 돈만이 자신의 돈이라고 생각했었다.

그런데 지금 절박하리만치 돈이 필요하니까 그녀의 돈이 간절하게 생각나는 것이다.

그는 실내를 오락가락 한동안 걷다가 어금니를 꽉 깨물며 주먹을 움켜쥐었다.

'그 방법밖에 없다. 그녀에게 부탁하자. 그리고 나중에 이자를 쳐서 갚으면 된다.'

척—

주지화에게 돈을 빌려야겠다는 일념으로 가득 찬 대무영은 그녀의 방문을 벌컥 열고 들어갔다.

"……."

그런데 방 안으로 들어서려던 그는 걸음뿐만 아니라 모든 동작을 뚝 멈추고 두 눈을 휘둥그렇게 뜬 채 침상 위를 쳐다보았다.

침상 위에는 주지화가 문 쪽을 향해서 책상다리로 앉아 있었는데 그녀도 갑자기 들어온 대무영 때문에 놀라서 눈을 커다랗게 뜨고 그를 바라본 채 몸이 굳어버렸다.

그런데 주지화는 뜻밖에도 상체가 벌거벗은 상태였다. 그리고는 오른손 손바닥으로 오른쪽 젖가슴을 주무르고 있다가 그대로 정지한 모습이다.

한밤중에 웃통을 벗고 손으로 제 젖가슴을 주무르고 있다니 해괴한 광경이다.

대무영은 어리둥절한 상태고, 주지화는 너무 놀라서 숨까지 정지한 상태다.

"너… 뭐하는 거냐?"

"꺄악!"

대무영이 멀뚱한 얼굴로 묻자 화드득 정신을 차린 주지화는 다급히 돌아앉아 상체를 잔뜩 굽히면서 뾰족한 비명을 터뜨렸다.

그때 그녀의 비명 소리를 듣고 옆방의 홍화쌍접이 문을 박차고 뛰어나오는 소리가 들렸다.

"소저!"

[바보! 뭐하고 있어? 어서 문 닫아!]

그때 주지화의 전음이 대무영의 고막을 터뜨릴 것처럼 세차게 울렸다.

탁!

대무영은 영문도 모르고 급히 문을 닫고 열지 못하도록 손으로 붙잡았다.

그 순간 왜 그랬는지는 그 자신도 모른다. 다만 그렇게 해야 할 것만 같았다.

"소저! 무슨 일입니까?"

"별일 아니다. 돌아가라."

주지화는 방금 전에 기겁을 하고 놀랐던 것과는 판이하게 차분한 목소리로 홍화쌍접을 물러가게 했다.

대무영은 홍화쌍접이 방으로 들어간 기척이 난 후에 그 자리에 서서 물었다.

"뭐하는 거냐?"

그러자 주지화는 돌아앉은 자세에서 얼굴만 돌리고 급히 손가락 하나를 입에 갖다 대며 조용하라는 시늉을 했다.

그리고는 대무영을 하얗게 흘기면서 입술을 뾰족하게 내밀었다.

[보면 몰라요? 가슴 치료하고 있는 거예요.]

"가슴을 왜……."

"쉬이……."

주지화는 또다시 손가락을 입에 대며 홍화쌍접이 있는 방의 동정을 살폈다.

대무영은 전음을 할 줄 모르니까 가까이 가서 말하려고 침상으로 쭈뼛거리며 다가가서 돌아앉아 상체를 잔뜩 굽히고 있는 그녀의 귀에 대고 속삭였다.

"가슴을 왜 치료하느냐?"

"하악!"

대무영이 문가에 있는 줄만 알고 있던 그녀는 갑자기 귀에 뜨거운 입김이 뿜어지자 자지러질 듯이 놀라 급히 뒤돌아보다가 발랑 자빠졌다.

그녀가 놀라자 대무영도 놀랐다. 하지만 뒤로 자빠져서 누운 자세가 된 그녀의 뽀얗고 풍만한 젖가슴이 파도처럼 출렁이는 것을 보자 더욱 놀라 눈이 휘둥그렇게 떠졌다.

눈처럼 희고 뽀얀 살결. 가녀린 어깨에 잘록한 허리인데 젖가슴만 잘 익은 수박처럼 거세게 흔들거렸다.

난생처음 여자의, 그것도 천하제일미로 칭송받고 있는 주지화의 젖가슴을 본 대무영은 그 자리에 얼음처럼 굳어버리고 말았다.

그것은 주지화도 마찬가지다. 너무 소스라치게 놀란 나머지 자빠진 자세에서 꼼짝도 하지 못하고 두 눈만 화등잔처럼 크게 뜨고 말끄러미 대무영을 바라볼 뿐이다.

그때 대무영은 주지화의 젖가슴 두 개에 검푸른 멍이 들어 있는 것을 발견했다.

그리고는 그 멍이 왜 생겼는지 깨달았다. 지난번에 그녀와 싸울 때 그는 두 차례에 걸쳐서 그녀의 젖가슴을 갈겼었는데 그때 멍이 들었던 것이다.

그제야 그녀가 가슴을 치료하고 있다는 말이 이해가 됐다. 그렇다면 그녀는 그때 이후 계속 남몰래 혼자서 가슴을 치료하고 있었던 것이다. 그러고 보니까 그녀 옆에는 금색의 약통이 놓여 있었다.

그때가 이십여 일 전이었는데 지금까지도 멍이 가시지 않았으니 얼마나 세게 맞았다는 말인가.

대무영은 괜히 그녀에게 미안한 마음이 들었다. 그 당시의 싸움은 전적으로 그녀가 먼저 그를 죽이려고 해서 어쩔 수 없이 응했었지만 그런데도 미안해서 애잔한 표정을 지으며 물었다.

"많이 아프니?"

"아!"

그 바람에 주지화는 번쩍 정신을 차리고 침상에 엎드리며 뾰족하게 외쳤다.

"뭘 보고 있어? 얼른 돌아서지 못해?"

존대를 하다가도 다급할 때는 반말이 튀어나왔다.

대무영은 깜짝 놀라서 돌아섰고 주지화는 서눌러서 옷을 입었다.

옷을 다 입은 그녀는 우두커니 서 있는 대무영에게 성큼성큼 다가와 한 걸음 앞에 멈추었다.

뻑!

"억!"

아니, 멈추는 순간 그대로 발길질을 하여 대무영의 복부를 걷어찼다.

대무영이 주춤 한 걸음 물러나자 그녀는 득달같이 달려들어 아무 말도 하지 않고 무조건 수십 차례 발길질과 주먹질을 해댔다.

대무영은 피할 생각을 하지 않고 고스란히 얻어맞았다. 피한다고 마음을 먹어도 신위 주지화의 공격은 쉽사리 피할 수가 없다.

더구나 그는 자신이 얻어맞고 있는 이유를 잘 안다. 방문을 불쑥 열고 들어와서 그녀의 젖가슴을 봤기 때문이다. 누구의 잘잘못을 떠나서 그것은 크게 잘못한 일이다.

만약 문을 열고 들어와서 그녀의 젖가슴을 본 사람이 대무영이 아닌 다른 사람이었다면 그 사람은 이미 시체로 변했을 것이다. 대무영이니까 이 정도로 그치는 것이다.

"늦은 밤에 날 찾아오다니 무슨 일이에요?"

때리기를 그친 주지화는 탁자 앞에 앉으며 싸늘한 얼굴로 물었다. 전에는 대무영이 한밤중에 찾아오는 일이 없었기 때문이다.

　대무영은 앉지 않고 멀뚱하게 서 있었다. 그녀에게 실컷 두들겨 맞았으나 상처 하나 없이 멀쩡했다.

　방금 전까지만 해도 상체를 벗고 젖가슴을 내보였던 주지화지만, 옷을 다 갖춰서 입은 모습은 너무도 아름다워서 또다시 대무영의 마음을 설레게 했다.

　그는 자신이 무엇 때문에 이곳에 왔는지도 잊은 채 멍하니 그녀를 바라보기만 했다.

　주지화는 자신의 미모 때문에 그가 넋 나간 표정을 짓고 있다는 사실을 깨닫고 화가 누그러져서 살포시 미소를 지으며 다시 물었다.

　"무영 오라버니, 무엇 때문에 소녀를 찾아온 건가요?"

　대무영은 정신을 차리고 얼굴을 붉히고는 진지하게 말했다.

　"부탁이 있다."

　그는 주지화에게 찾아오는 것을 어렵게 결정했으나 막상 온 이상 말을 빙빙 에두르지 않고 곧장 본론을 꺼냈다.

　"뭔데?"

　주지화는 의아하면서도 약간 기쁜 표정을 지었다. 대무영이 그녀에게 부탁을 한 적이 한 번도 없었기 때문이다.

　"돈을 빌려다오."

"얼마나요?"

"백만 냥."

"금화로?"

"아니, 은자로."

슥—

주지화는 어디에 쓰려는 것인지 묻지도 않고 즉석에서 은자 백만 냥짜리 전표 세 장을 꺼내 탁자에 놓았다.

"갚지 않아도 되요."

도대체 돈이 얼마나 많기에 은자 삼백만 냥이나 되는 거액을 선뜻 빌려줄 수 있으며, 그것을 갚지 않아도 된다고 말할 수 있는 것인지 모를 일이다.

"꼭 갚을 것이다."

대무영은 세 장의 전표를 주시하며 말했다. 하지만 이자를 쳐서 갚겠다는 말까지는 하지 않았다.

주지화는 방그레 미소 지으며 가진 자의 여유를 보였다.

"아니, 갚지 않아도 된다니까요?"

"그럼 빌리지 않겠다."

"……"

주지화의 얼굴에서 미소가 사라졌다.

"왜 그래요?"

"나는 돈이 꼭 필요하다. 그러니까 갚게 해다오."

주지화는 대무영의 표정과 행동에서 너무도 진지하고 절실한 것을 읽고 나직하게 한숨을 내쉬었다.

"그렇게 해야 무영 오라버니가 편하다면 할 수 없군요."

"고맙다."

대무영은 세 장의 전표 중에서 하나만 집어들었다.

"어디에 쓸 건지 물어봐도 되요?"

그녀가 지독하게도 아름다운 커다란 눈을 깜빡이며 묻자 대무영은 그녀 맞은편에 앉아 진지하게 물었다.

"네가 왜 내 곁에 머물고 있는지 이유를 말하면 나도 어디에 이 돈을 쓸 건지 말하겠다."

사실 대무영은 그것이 못내 궁금했었다. 가난뱅이 집이 불편하다면서 온갖 불평을 늘어놓으면서도 주지화는 줄곧 이곳에 머물고 있다.

대무영이 생각하기에 주지화는 절대 이런 곳에서 생활할 사람이 아니다.

그런데도 지저분하고 불평한 것투성이인 이곳에 꿋꿋하게 눌러 앉아 있는 이유를 알 수가 없었다.

그런데 주지화는 뭔가 애틋한 표정을 지으면서 빤히 대무영을 바라보았다.

"어… 보지 마라."

숫기 없는 대무영은 얼굴을 붉히면서 손을 저었다. 아름다운 그녀가 쳐다보면 온몸의 피가 말라 버리는 듯한 이상한 느낌이 들어서 견딜 수가 없다.
 이윽고 주지화는 호로록 가벼운 한숨을 내쉬었다.
 "알았어요. 묻지 않을 게요."

第二十四章
시행착오

대무영은 다음날 아침에 동이 트기도 전에 해란화와 기녀들이 있는 승화루로 달려갔다.

희뿌연 여명에 휩싸인 이른 아침의 낙수천화는 무덤 속처럼 고요했다.

한차례 치열한 전투를 끝내고 잠시 휴식을 취하고 있는 군사들의 막사 같았다.

영업을 끝낸 승화루의 문은 굳게 닫혀 있었다. 대무영은 옆 골목으로 들어가 가볍게 담을 넘어 어젯밤에 술을 마셨던 강언덕의 별채로 달려갔다.

별채 일 층의 입구로 달려가던 그는 문득 이 층 어느 방 창이 열려 있고 그 안쪽에 한 사람이 서 있는 것을 발견하고 걸음을 멈추었다.

'해란화.'

흰 잠옷 차림으로 창 앞에 서서 강을 바라보고 있는 사람은 다름 아닌 해란화였다.

그런데 그녀는 하염없이 눈물을 흘리고 있었다. 핏기 없는 새하얀 얼굴에서 흐르는 눈물은 마치 하늘이 울고 있는 것 같았다.

그녀가 울고 있는 것을 본 대무영은 가슴을 창으로 찌른 듯한 아픔을 느꼈다.

무엇 때문에 울고 있는지 알기 때문이다. 하지만 그녀의 슬픔이 어찌 그것뿐이겠는가. 기녀가 될 수밖에 없었던 자신의 운명에 대한 슬픔은 대무영으로서는 상상조차 하지 못할 것이다.

대무영은 그녀의 슬픔을 깰 용기가 없어서 그냥 우두커니 서서 지켜보기만 했다.

만약 그녀가 그를 발견하지 못했다면 언제까지나 그렇게 서 있었을 것이다.

"아!"

창 아래 마당에 우두커니 서서 자신을 바라보고 있는 대무영을 발견한 그녀는 깜짝 놀라더니 곧 아래로 내려와서 문을 열어주었다.

그녀는 자신이 우는 모습을 대무영에게 보였다는 것과 잠옷 차림이라는 사실을 신경 쓸 겨를이 없었다. 이처럼 이른 시각에 대무영이 마당에 서 있는 모습을 발견한 것보다 더 놀라운 일은 없을 테니까 말이다.

"무슨 일이에요?"

문밖으로 나온 해란화는 두 손을 뻗어 대무영의 팔을 잡으면서 눈을 커다랗게 뜨고 물었다. 목소리는 떨렸으며 얼굴에는 부디 대무영에게 별일이 없기를 바라는 간절함이 가득히 떠올랐다.

"천첩이 도울 일이라도 있나요?"

자기 코가 석 자나 빠졌으면서도 대무영이 도움을 받으러 아침 일찍 찾아왔을 것이라고 생각하는 그녀다.

그녀의 그런 마음 씀씀이에 대무영은 가슴이 짠해졌다. 그리고 자신이 주지화에게 돈을 빌려온 것이 결코 잘못한 일이 아니라는 사실을 새삼 절감했다.

"좀 들어갑시다."

이 층 그녀가 임시로 사용하고 있는 방은 매우 좁았다. 침상 하나에 조그만 옷장 하나. 그리고 조금 전에 그녀가 서서 울던 창이 전부였다.

대무영을 앉게 할 마땅한 곳이 없는 그녀는 그를 침상에 앉도록 했다.

침상에는 두툼한 이불이 깔려 있었고, 대무영이 이불을 조금 걷고 앉으니까 따스한 온기가 느껴졌다.

그녀가 밤새 자면서 체온으로 데워진 온기였다. 대무영은 손바닥으로 전해지는 온기만으로도 그녀의 슬픔을 조금쯤을 알 수 있을 것 같았다.

해란화는 대무영 앞에 마주보고 다소곳이 앉아서 말끄러미 바라보며 초조하게 그가 입을 열기를 기다렸다.

가슴에 두 손을 모으고 있는 그 모습은 '과연 무슨 일일까? 내가 과연 이분을 도울 수 있을까? 하는 초조함에 다름 아니었다.

"해란화."

"네."

"우리가 기루를 지읍시다."

"……"

그녀는 느닷없는 대무영의 말이 무슨 뜻인지 이해하지 못하는 것 같았다.

그래서 놀라지도 않고 그저 해맑은 눈을 깜빡거리면서 그를 바라볼 뿐이다.

대무영이 도움을 청하러 온 것과 기루를 짓자는 말이 무슨 연관이 있는지 눈을 반짝이며 생각했다. 그만큼 그의 방문과 그가 한 말은 뜬금없는 것이었다.

슥—

대무영은 그녀의 손에 은자 백만 냥짜리 전표 한 장을 슬며시 쥐어주었다.

그것이 전표인 줄도 모르는 해란화는 무심코 들어 올려 한동안 물끄러미 쳐다보기만 했다.

사실 그녀는 세상에 태어나서 전표라는 것을 지금 처음 보는 것이다.

어렸을 때 부모를 잃고 친척집을 전전하다가 십오 세에 동기가 되어 지금까지 이 년 동안 기루의 깊은 방에서만 생활했었기 때문이다.

그래서 전표는 물론이고 직접 돈을 만져볼 기회도 거의 없었다.

한참 만에야 전표에 적힌 '백만 냥'이라는 글이 그녀의 눈에 들어왔다.

그래도 그녀는 설마 이 누런 종이 쪼가리가 은자 백만 냥일 것이라고는 추호도 생각하지 않았다.

"백만 냥이오."

"네?"

대무영은 미소 지으며 전표를 가리켰다.

"그 돈으로 기루를 지읍시다."

해란화는 전표와 대무영의 얼굴을 번갈아 쳐다보았다.

"그건 전표라는 것이오. 그걸 전장에 가져가면 은자 백만 냥을 내줄 텐데 그것으로 기루를 짓도록 합시다."

해란화는 그 말을 이해하기 위해서 잠시의 시간이 필요했다. 이윽고 잠시가 지나서 그녀는 소스라치게 놀랐으며, 그리고는 바르르 몸을 떨면서 전표를 다시 한 번 보고 나서 대무영을 바라보았다.

대무영은 미소 지으며 고개를 끄떡였다. 그녀가 짐작하는 것이 맞다는 뜻이다.

순간 해란화는 눈물을 왈칵 쏟으며 울음을 터뜨리면서 곧장 대무영에게 몸을 던져 안겨왔다.

"와악!"

그녀는 대무영 품에 안겨서 온몸을 바들바들 떨면서 흐느껴 울었다.

대무영이 백만 냥을 마련해 와서 기루를 짓게 되었다는 것보다 그의 이런 마음씨에 감격한 것이다.

그녀가 대무영에 대해서 느끼고 또 알고 있었던 것보다 그는 훨씬 더 좋은 사람이었다. 그 사실이 그녀를 더욱 행복하게 만들었다.

해란화의 몸은 뼈가 없는 것 같았다. 그리고 따스했으며 부드러웠다.

대무영은 자신의 가슴을 흠뻑 적시면서 울고 있는 그녀의 등을 부드럽게 쓰다듬었다.

그녀의 울음소리를 듣고 제일 먼저 잠옷 차림의 월영이 문을 박차고 달려 들어왔다.

"무슨 일이야?"

그리고 그 뒤를 이어서 역시 잠옷 차림의 기녀들이 우르르 쏟아져 들어왔다.

월영과 기녀들은 해란화의 방에 벌어져 있는 난데없는 광경에 놀라움을 금치 못했다.

월영은 잠옷 차림의 해란화를 안고 있는 대무영을 보며 어이없는 표정을 지었다.

"무영 동생, 일 저지른 거야?"

대무영은 백만 냥을 갖고 온 것을 '일 저질렀다' 라는 말로 알아듣고 머쓱하게 미소 지었다.

"네, 월영 누님."

"햐아… 얌전한 고양이가 부뚜막에 먼저 올라간다고 하더니 무영 동생이 딱 그 짝이네."

"헤헤… 그렇게 됐습니다."

월영은 대무영의 어깨를 두드렸다.

"좋아. 이왕 이렇게 된 거 잘됐어. 이제 무영 동생이 해란화하고 만리장성을 쌓았으니까 길일을 택해서 혼인식을 올리도록 하자."

"네?"

대무영과 해란화는 놀라서 동시에 월영을 쳐다보았다.

* * *

대무영은 해란화와 월영을 비롯한 서른한 명의 기녀를 자신이 묵게 될 선양현 근처의 장원에서 지내도록 했다.

낙수천화에 새 기루를 지을 것이기 때문에 지금까지 머물던 승화루의 별채에서는 더 이상 지낼 수 없게 되었다. 아니, 그곳에서 지낼 수 있다고 해도 대무영은 그녀들을 그곳에 두기 싫었다.

해란화와 서른한 명의 기녀가 대무영과 함께 장원에서 지내는 것을 대무영의 집에서는 아무도 모른다.

집에서는 대무영이 어디에 갔는지도 모른다. 다만 마학사가 전신을 판 여덟 명의 도전자를 상대하러 떠났다고만 알고 있다. 그렇게 알고 있는 사람도 주지화와 북설, 용구 세 사람뿐이다.

대무영은 도전자들이 찾아오면 해란화와 기녀들에게 피해

를 주지 않기 위해 장원에서 멀리 떨어진 곳으로 데려가서 싸울 생각이다.

그는 도전자들이 습격이나 암습을 하지 않고 정정당당하게 도전해 올 것이라고 믿었다.

장원의 낡은 현판에는 호천장(昊天莊)이라는 알아보기 어려운 빛바랜 글씨가 적혀 있었다.

대무영은 도전자들이 찾아올 시기가 아직 안 됐으나 해란화와 기녀들을 보호하기 위해 일찌감치 호천장에 와서 생활을 하고 있다.

장원은 낙수 강가의 높은 절벽 위에 있으며, 전체적으로는 넓은 편인데 전각은 복판에 옹송그리고 모여 있는 다섯 채밖에 되지 않았다.

네 채는 한데 모여 있으며 그곳에서 해란화와 서른한 명의 기녀가 기거했다.

그리고 강 쪽으로 뚝 떨어져 있는 별채에는 대무영이 혼자서 머무르고 있다.

낙수천화에 새 기루를 짓는 일은 월영이 진두지휘를 했다. 그녀와 몇 명의 활동적인 기녀가 전면에 나서서 가장 좋은 장소의 땅을 매입하고, 낙양에서 기루를 잘 짓기로 소문난 전문가와 인부들을 섭외해서 기루를 지을 터를 다지는 등 이미 공사가 시작되었다.

처음에는 기루를 짓는데 은자 오십만 냥이 든다고 했는데 나중에 알아보니까 칠, 팔십만 냥은 든다는 것이다. 그래서 월영은 아예 백만 냥을 다 들여서 낙수천화에서 가장 훌륭한 기루를 짓기로 했다.

해란화를 비롯한 기녀들은 이곳 호천장에서 난생처음으로 자유로운 생활을 만끽하고 있었다.

그동안 낮에는 자고 밤에는 온갖 종류의 손님들을 상대로 술과 웃음, 그리고 몸을 팔던 각박한 생활에서 벗어났다는 것만으로도 그녀들은 몰라보게 활기에 넘쳤다.

호천장은 드넓은 대지에 전각이 다섯 채밖에 없는 대신에 장원 곳곳에 아담한 정원과 인공호수가 산재해 있다.

오랜 세월 동안 돌보는 사람이 없어서 잡초가 무성했으나 대무영은 며칠에 걸쳐서 잡초를 뽑고 정원과 호수를 다듬어 얼추 산뜻한 옛 모습을 되찾았다.

한겨울이라서 인공호수는 얼었고 정원의 수목들은 잎이 다 떨어졌으나 해란화와 기녀들은 거의 하루 종일 정원과 인공호수에 걸린 운교를 거닐면서 산책을 하고 운교 복판의 정자에서 차를 마시는 등 여유로운 생활을 즐겼다. 한겨울의 추위 따위는 그녀들의 자유를 방해하지 못했다.

하인이나 하녀, 숙수는 고용하지 않았다. 힘든 일은 대무영이 척척 해결했으며, 부엌살림이나 청소 같은 것은 기녀들이 솔선수범하여 처리했다.

대무영은 자신이 섣부른 행동을 하면 기녀들의 화목한 생활을 깰까 봐 자신의 거처인 별채에서만 머물렀다.

단 하루 세끼 식사시간에만 본채로 가서 기녀들과 함께 식사를 했다.

백만 냥짜리 전표를 갖고 이른 아침에 해란화를 만났던 날 이후 대무영은 따로 그녀를 만난 적이 없다.

그녀도 혼자서 대무영을 찾아오지 않았다. 딱히 그럴 일이 없기 때문이다.

대무영은 오랜만에 혼자 생활하면서 복잡한 많은 생각을 정리했고, 또 틈만 나면 별채 뒤쪽 공터에서 부지런히 무술 연마를 했다.

고즈넉한 밤. 본채 넓은 대전에 대무영과 해란화, 월영 등 서른두 명이 빙 둘러 앉았다.

둥글고 커다란 원을 형성한 가운데 바닥에는 기녀들이 정성껏 만든 요리와 술이 푸짐하게 차려져 있었다.

아무렇게나 앉다 보니까 대무영과 해란화는 뚝 떨어졌고 월영은 보고를 위해서 그의 옆에 앉았다.

대무영이 오늘 밤에 기녀들을 모이라고 한 이유는 자신이 도전자들과 한 달여에 걸쳐서 싸워야 하는 일을 설명하려는 것이다.

말하지 않을 수도 있었으나 갑자기 대무영이 사라지거나 누군가 모르는 인물이 불쑥 찾아오면 기녀들이 놀랄 수도 있을 것이기 때문에 사전에 말을 해두려는 것이다.

그런데 월영도 공사와 그 외의 건에 대해서 대무영에게 보고를 하려던 참이었다.

"무영 동생, 공사는 착착 진행되고 있어."

월영은 밝은 목소리로 얘기를 꺼냈다.

"앞으로 두 달 반이면 완성이래. 두 달 반 후에는 낙수천화 최고의 기루가 탄생하는 거야."

기녀들은 손뼉을 치면서 환호성을 질렀다.

월영은 모두를 조용하라고 한 후에 대무영을 보며 진지한 표정을 지었다.

"반드시 짚고 넘어가야 할 중요한 일이 있어."

"뭡니까?"

갑자기 월영이 대무영에게 무릎을 꿇자 모든 기녀가 똑같이 그를 향해 무릎을 꿇었다.

"아니… 왜들 이럽니까?"

대무영이 당황해서 손을 내젓자 월영은 그에게 공손히 고개를 조아렸다.

"무영 동생이 우리들의 주인이 되어줘."

"예?"

"무영 상공께서 천첩들의 주인이 되어 주세요!"

대무영이 난데없는 말에 놀라는데 모든 기녀가 일제히 그에게 고개를 조아리며 입을 모아 외쳤다.

대무영은 멍한 표정을 짓고 있다가 세차게 고개와 두 손을 저었다.

"안 됩니다. 절대 그럴 수 없습니다."

월영과 해란화, 모든 기녀가 고개를 들고 그를 바라보면서 크게 놀라는 표정을 지었다.

사실 그녀들이 지금 이런 행동을 하는 것은 하나의 절차에 불과할 뿐이다.

왜냐하면 그녀들은 이미 대무영을 자신들의 주인이라고 확신하기 때문이다.

그런데 대무영이 결사적으로 반대할 것이라고는 전혀 예상하지 못했기에 기녀들은 웅성거리면서 당황해서 어쩔 줄을 몰랐다.

월영은 소란스러운 기녀들을 조용히 시키고는 그 자세 그대로 대무영에게 차분한 목소리로 말했다.

"우리 모두는 이미 무영 동생을 주인으로 섬기고 있어."

"어째서 그런 겁니까?"

대무영은 도무지 이해할 수 없다는 표정을 지었다.

월영은 더없이 진지한 표정을 지었다.

"무영 동생은 우리의 목숨을 구해주었어."

"그건……."

"만약 무영 동생이 우리를 구하지 않았으면 어떻게 되었을지 상상해 본 적 있어?"

만약 그의 구원의 손길이 없었다면, 해란화를 비롯한 서른한 명의 기녀는 낙랑채에서 수적들의 노리개로 살면서 만신창이가 되었을 것이다.

그뿐만 아니라 그녀들은 죽을 때까지 수적 소굴을 벗어나지 못하게 됐을 터이다.

그러므로 대무영은 서른한 명 꽃다운 여자의 목숨이 아니라 인생을 구한 것이다.

"또한 무영 동생은 갈 곳 없는 우리에게 기루를 지어주고 있어. 무영 동생이 아니었으면 우린 뿔뿔이 헤어지거나 갖은 착취를 당하면서 살아야만 했을 거야. 천하 어느 누가 우리처럼 천한 기녀들에게 이런 은혜를 베풀겠어?"

월영의 얼굴에 가식 없는 절절함이 묻어났다.

"그것만으로도 무영 동생은 이미 우리 모두의 주인이야. 이제 우린 무영 동생 없이는 아무것도 할 수가 없어. 무영 동생이 우릴 이끌어주지 않으면 우린 그냥 허수아비야."

기녀들은 진심 어린 표정으로 고개를 끄떡였다.

"하지만 무영 동생이 우리의 주인이 되어야 할 무엇보다도 중요한 이유가 있어."

"그게 뭡니까?"

"천하에 주인 없는 기녀란 존재하지 않아."

대무영은 잘 이해가 되지 않았다.

"그럼 여러분은 원래 주인이 있었습니까?"

"있었지. 등명각주가 우리의 주인이었어."

월영은 쓸쓸한 표정을 지었다.

"그는 좋은 사람이었으나 강하지 못했어. 그래서 등명각은 약탈을 당했고 우린 위험천만한 지경에 빠졌었지."

대무영은 이해한다는 듯 고개를 끄떡였다.

"주인 없는 기녀란 상상조차 할 수 없어. 기녀들끼리 대체 무엇을 할 수 있겠어? 만약 손님 중에 포악한 자들이 행패를 부린다면 어쩔 거야? 그리고 또다시 수적이 습격을 한다면 우린 고스란히 당할 수밖에 없는 처지야."

"그렇군요."

"돈으로 호위무사를 살 수도 있으나 그게 말처럼 쉽지 않은 일이야. 잘못했다가는 호위무사들이 기녀들을 깔보고 주인 행세를 하려고 들기 십상이야."

월영의 말은 구구절절이 다 옳아서 대무영은 한마디도 반

박할 수가 없었다.

월영은 대무영의 표정을 살피며 못을 박듯이 말했다.

"기루가 완성되고 영업을 시작한다고 해도 주인 없이 우리끼리 꾸려 나간다면 오래지 않아서 풍비박산되는 것은 시간 문제야. 주인 없는 기녀는 깊은 산중에 내버려진 한 무리 양 떼 같은 거니까."

대무영은 깊은 산중에 내버려진 양 떼라는 말에 무조건 공감이 갔다.

그 상태라면 양 떼는 하룻밤도 못 가서 온갖 맹수에게 갈가리 찢겨 먹이가 되고 말 것이다.

월영의 설명을 다 듣고 난 대무영은 자신이 그녀들에게 기루를 지어준 것으로 할 일을 다한 것이 아니라는 사실을 깨달았다.

그리고 자신과 서른한 명의 기녀가 이제는 같은 배를 탄 공생(共生)의 필연적인 관계라고 생각했다.

"내가 어떻게 하면 됩니까?"

그가 한풀 꺾이자 기녀들은 환한 표정을 지었다.

"우리의 주인이 돼서 우릴 지켜줘야지."

월영이 당연한 듯 말하자 대무영은 난감한 표정을 지었다.

"나도 이것저것 할 일이 많은데 기루에만 매달려 있을 수는 없습니다."

"어쨌든 우리들의 주인이 되는 것만은 받아들여 줘."

대무영은 잠시 곰곰이 생각하다가 이윽고 고개를 끄떡였다.

"알겠습니다."

기녀들이 박수를 치면서 환호성을 터뜨렸다.

그는 손가락 하나를 세웠다.

"그 대신 조건이 있습니다."

모두의 시선이 자신에게 집중되자 그는 가볍게 헛기침을 하고 나서 조건을 밝혔다.

"기루 전체의 운영 같은 것을 책임질 사람을 정해야 한다는 것입니다."

"루주 말이야?"

"그걸 루주라고 합니까? 하여튼 내가 없어도 기루를 책임질 사람이 필요합니다."

기녀들의 시선이 일제히 한 사람에게 집중되었다. 그런데 뜻밖에도 그 사람은 월영이 아닌 해란화였다.

대무영이 해란화를 좋아한다는 사실을 기녀들은 이미 눈치채고 있었다.

그러므로 그가 해란화를 기녀로서 손님들 앞에 내놓고 싶지 않을 것이라고 짐작한 것이다.

내심을 들킨 대무영은 얼굴을 붉혔고, 해란화도 깜짝 놀라

고개를 숙였다.

월영이 모두의 의견을 물었다.

"루주에 해란화가 좋다고 생각하는 사람 손 들어봐."

그렇게 말하면서 월영은 가장 먼저 번쩍 손을 들었다. 그와 동시에 기녀들도 한 사람 빠짐없이 모두 우르르 손을 들고 해란화를 쳐다보았다.

당황한 해란화는 얼굴이 빨개져서 두 손을 저었다.

"저는 무리에요. 아직 나이도 어리고 아무것도 아는 게 없는데 어찌 루주가 되겠어요. 저보다는 월영 언니가······."

"안타깝게도 무영 동생이 좋아하는 사람은 내가 아니라 바로 너 해란화야."

월영이 직설적으로 꼬집자 해란화는 아무 말도 못하고 얼굴이 빨개졌으며 대무영은 괜히 헛기침만 했다.

대무영과 해란화는 서로 좋아한다고 말하거나 표현한 적이 한 번도 없었다.

그런데 제삼자인 월영에 의해서 두 사람은 자연스럽게 연인이 되어가고 있었다.

대무영은 조금 전에 월영이 호위무사에 대해서 언급할 때 언뜻 떠오르는 생각이 있었다.

예전에 그가 조장으로 있었던 오룡방 단목조 조원들을 호위무사로 채용을 하면 어떨까하는 것이다.

그들은 모두 돈을 벌기 위해서 떠돌아다니는 무사이므로 녹봉만 두둑하게 준다면 기꺼이 달려와 줄 것이고, 그들 정도의 실력이라면 충분히 기루를 지킬 수 있을 것이라는 생각이 들었다.

"이건 우리 모두의 의견인데······."

월영이 의미심장한 미소를 지으면서 운을 뗐다.

"기루의 이름을 해란화라고 지을 거야."

대무영은 반색하며 엄지손가락을 치켜세웠다.

"최곱니다. 누님."

그는 자신이 너무 노골적으로 반색한 것에 얼굴이 붉어졌으나 기녀들은 환한 표정으로 깔깔거리며 좋아했다.

해란화는 기쁜 것보다는 너무 당황해서 어쩔 줄 모르다가 대무영과 눈이 마주쳤다.

그가 헤벌쭉 바보처럼 웃자 그녀는 사르륵 얼굴을 붉히면서 눈을 내리깔았다.

그 모습을 보면서 대무영은 온몸의 뼈와 살이 다 녹는 것 같은 기분이 들었다.

그는 월영과 기녀들이 이미 해란화를 새로운 루주로 정하기로 입을 맞추었다는 사실을 알게 되었다. 그렇기 때문에 기루 명을 해란화로 만장일치로 정한 것이 아닌가.

"그럼 천첩들이 정식으로 주인님께 인사드리겠습니다."

갑자기 월영이 옷매무새를 단정히 하면서 자세를 바로 하며 엄숙한 목소리로 말하자, 전체 기녀들도 허리를 꼿꼿이 세우고 몸가짐을 단정히 했다.

대무영은 당황했으나 이제는 어떻게 빼도 박도 못하는 상황이라서 좌불안석할 뿐이다.

기녀들이 일제히 대무영을 향해 절을 올리며 낭랑한 목소리로 입을 모았다.

"천첩들이 주인님을 뵈어요!"

"하아… 이거 참……."

대무영은 진땀을 흘리며 허둥거렸다. 특히 해란화까지도 자신을 향해 납작하게 엎드려 절을 하는 모습을 차마 쳐다볼 수가 없었다.

월영과 기녀들은 고개를 들더니 이번에는 해란화를 향해 절을 올렸다.

"루주를 뵈어요!"

해란화 역시 대무영처럼 당황해서 어쩔 줄을 모르고 허둥거리다가 마주 절을 했다.

월영이 건배를 제안하자 모두들 잔에 술을 넘치도록 따라서 높이 들어 올렸다.

"한 말씀 하세요."

주인이 된 대무영에게 월영은 함부로 하지 못하고 공손히 권했다.
 대무영은 서른한 명의 기녀가 기쁨과 기대에 가득 찬 표정으로 자신을 주시하는 광경을 보고 몹시 흐뭇하여 가슴이 뻐근했다.
 "우리 모두 행복합시다."
 그가 선창하자 모두들 잔을 더 높이 들며 합창했다.
 "우리 모두 행복합시다!"
 그리고 모두들 잔을 입으로 가져가려고 할 때 느닷없이 굳게 닫혀 있는 문이 박살 났다.
 우지끈! 쾅!
 "아앗!"
 "어맛?"
 박살 난 문의 파편들이 안쪽으로 소나기처럼 쏟아져서 앉아 있는 기녀들에게 세차게 날아왔고, 몇 사람은 몸에 맞아 비명을 지르며 나뒹굴었다.
 문이 박살 나고 한 인물이 위풍당당한 모습으로 들어서며 우렁차게 외쳤다.
 "여기에 군주 단목검객 대무영이라는 자가 있다고 들었는데 어째서 계집들만… 컥!"
 그러나 그는 말을 채 끝내지 못했다. 급습이라고 판단한 대무영이 벌떡 일어나는 것과 동시에 쏘아 나가며 품속에서 목비수 하나를 꺼내 번개같이 날렸는데, 그것이 불청객의 목 한가운데에 깊숙이 꽂혀 버린 것이다.

대무영은 그것으로도 모자라서 목비수가 목에 꽂힌 자의 복부를 쏘아가던 탄력으로 힘껏 걷어찼다.

퍽!

쾅!

사내는 빨랫줄처럼 날아가 박살 난 문 옆의 벽에 모질게 부딪쳤다가 바닥에 떨어졌다.

문을 박살 내면서 들이닥친 사내가 나뒹굴기까지는 눈 한 번 깜빡이는 찰나지간이었다.

좌중이 고요해졌으며 기녀들은 숨을 죽인 채 겁에 질려 여기저기에 웅크려 있었다. 장내는 한마디로 배반낭자(杯盤狼藉)의 살풍경이다.

대무영은 또 다른 침입자가 있는지 우뚝 서서 날카로운 눈으로 박살 난 문밖을 살폈다.

주위에서는 아무런 기척도 감지되지 않았으나 그는 안심할 수 없어서 직접 밖으로 달려 나가 장원 곳곳을 샅샅이 살피고 나서 아무도 없다는 것을 확인한 후에야 대전으로 돌아왔다.

벽 아래 쓰러져 있는 사내는 삼십대 후반의 나이에 경장을 입었으며 강파른 인상인데, 오른손에는 귀두도(鬼頭刀)가 쥐어져 있었다.

  사내는 눈을 부릅뜬 채 입과 코로 꾸역꾸역 핏물을 토해내고 있었다.

  목에 목비수가 꽂히는 순간에 이미 즉사했으나 대무영이 전력으로 복부까지 걷어차서 내장과 혈맥이 터져 피를 토해내는 것이다.

  기녀들을 돌아보니 모두 사색이 되어 공포에 떨고 있었다. 청천벽력처럼 괴한이 난데없이 문을 박살 내면서 들이닥쳤으니 당연한 일이다. 여북하면 늘 기세 좋은 월영마저도 넋 나간 얼굴이다.

  문을 등지고 앉았던 세 명의 기녀가 박살 나서 날아오는 나무 파편에 등과 뒷머리를 맞아 쓰러져 있는 모습을 보니 대무영은 가슴이 답답했다.

  다친 세 기녀는 쓰러져 있는데 기녀들은 어쩔 줄 모르고 흐느껴 울면서 우왕좌왕하고 있을 뿐이다.

  "내가 살펴보겠소."

  팔 년여 동안 산에서 생활하며 숱하게 다쳤고 또 스스로 상처를 치료했던 대무영이 나섰다.

  기녀 한 명은 날카로운 파편에 목 뒤가 찢어져서 피를 흘리고 있으며, 다른 두 명은 어깨와 등허리에 둔탁하게 얻어맞았으나 다행히 피는 흘리지 않았다.

이곳이 산이라면 그동안 터득한 여러 종류의 약초로 치료를 할 수 있겠으나 지금은 아무것도 없어서 일단 찢어진 상처는 깨끗한 물로 씻어내고, 타박상을 입어 부은 상처는 차가운 물로 찜질을 하도록 했다.

치료를 끝낸 대무영은 기녀들이 저만치에 죽어 있는 시체 때문에 겁에 질려 있는 것을 보고 즉시 시체를 밖으로 끌고 나갔다.

장원 뒷담 밖으로 끌고 가서 품속을 뒤져보니 허리춤에 하나의 쟁천증패가 달려 있었다.

그는 그걸 보고 이자가 도전자 중 한 명이며 아마 후선일 것이라고 짐작했다.

일단 후선증패라고 짐작되는 쟁천증패를 품속에 챙긴 후에 시체를 눕히고 그 위에 낙엽을 덮어놓고는 재빨리 기녀들에게 돌아왔다.

이번 일로 대무영은 많이 놀랐다. 그는 도전자들이 정정당당하게 대결을 신청할 것이라고 예상했었는데 철저하게 빗나가고 말았다.

또한 보름 후부터 도전자들이 올 것이라는 마학사의 예고도 틀렸다.

보름이 되려면 아직 사흘이나 남았다. 그러므로 첫 번째 도전자는 사흘이나 먼저 들이닥친 것이다.

그러고 보니까 마학사는 도전자들이 정정당당하게 대결을 신청할 것이라는 말은 하지 않았다.

그리고 마학사는 딱 보름 후라고 못 박지 않았다. 그쯤 도전자들이 올 것이라고 예상했을 뿐이다.

오늘 밤의 일로 대무영은 큰 교훈을 얻었다. 세상의 일이란 반드시 예상대로 되지 않는다는 사실이다. 즉, 세상일은 변수의 연속이다.

본채 대전으로 돌아온 대무영은 기녀들이 모두 원래의 자리에 둘러앉아 있는 것을 보고 깜짝 놀랐다.

또한 그녀들은 더 이상 놀라고 당황하는 모습이 아니라 첫 번째 도전자가 들이닥치기 직전의 그 화기애애한 분위기로 돌아가 있었다.

그 광경을 보고 대무영은 어리둥절했으나 곧 어떻게 된 일인지 깨달았다.

그녀들이 놀라움과 두려움을 극복하려고 애쓰는 모습을 발견한 것이다.

즉, 그녀들은 습격자가 대무영하고 관계가 있을 것이라 짐작하고, 자신들은 이렇게 대범하게 대처하고 있으니 아무런 걱정하지 말라는 사실을 보여주려는 것이었다.

대무영은 그녀들이 이처럼 눈물겹도록 노력하는 것을 보고 가슴이 촉촉하게 젖어들었다.

그리고 이후 절대로 그녀들을 불행하게 만들지 않겠다고 내심 맹세했다.
술자리는 계속되었다. 그리고 대무영을 비롯한 기녀들은 아무 일도 없었던 것처럼 외려 더 큰 소리로 웃고 떠들었다.
모두의 가슴에는 무거운 앙금이 가라앉았으나 아무도 내색하지 않았다.

第二十五章
내가 강호의 법(法)이다

그날 밤 대무영은 기녀들을 모두 본채에서 자도록 하고 자신은 대전 한복판에 책상다리를 하고 앉아서 뜬눈으로 밤을 지새웠다.

혹시 제이, 제삼의 도전자가 첫 번째 도전자처럼 급습을 할지도 모르기 때문이다. 그렇지만 그날 밤은 아무 일 없이 무사히 지나갔다.

다음날 아침식사를 끝낸 후에 대무영은 해란화와 월영 두 사람만 따로 불러서 자신의 처지에 대해서 솔직하게 설명을 해주었다.

강호의 쟁천십이류라는 것과 자신의 별호가 단목검객이며 군주라는 것. 이곳에서 여덟 명의 도전자와 싸워야 한다는 사실을 숨기지 않고 얘기했다.

그런데 뜻밖에도 해란화와 월영은 쟁천십이류가 무엇인지, 또한 강호인들이 그것을 손에 넣기 위해서 혈안이 되어 있다는 사실, 그리고 쟁천중패를 쟁취하는 방법 등에 대해서도 잘 알고 있었다.

기루에 찾아오는 손님 중에는 강호인이 꽤 많으며 그들이 취중에 가장 많이 떠들어대는 내용이 쟁천십이류라는 것이었다.

그러므로 기녀들은 강호에 대해서, 그리고 쟁천십이류에 대해서 빠삭하게 알고 있는 것이다.

그리고 두 여자는 아무런 질문도 하지 않았으며 다른 것에는 관심도 없었다. 두 여자의 관심사는 오로지 대무영의 안전이었다.

"위험하지 않아요?"

"그만둘 수 없어?"

해란화와 월영은 몹시 걱정스런 표정으로 대무영을 바라보며 똑같이 입을 열었다.

첫 번째 도전자의 습격을 당하고 나서 대무영이 절실하게 깨달은 것이 하나 있다.

가까운 사람일수록 자신하고는 더 멀리 거리를 둬야 한다는 사실이다.

앞으로 남은 일곱 명의 도전자를 처리할 때까지 그는 호천장을 떠날 수가 없다.

그는 하나씩 차근차근 배우고 또 깨달아가고 있는 중이다.

가족들이, 그리고 가까운 사람들이 죽거나 다치기 전에 모르고 있는 것들을 더 빨리 배우기를 원했다.

자신의 우매함과 미숙함 때문에 가족이나 가까운 사람들이 변을 당한다면 그는 너무 원통해서 죽더라도 눈을 감지 못할 것이다.

그는 월영에게 부탁하여 낙수천화 근처에 서른한 명의 기녀가 머물만한 곳을 찾아보라고 했다.

월영과 해란화는 자신들이 위험해질까 봐 대무영이 그런 조치를 취하려 한다는 것을 짐작했다.

두 여자가 생각하기에도 자신들이 대무영 곁에 없는 편이 그를 위하는 길인 것 같았다.

앞으로 남은 일곱 명의 도전자가 과연 어떤 식으로 호천장에 들이닥칠지 모르는 상황에서, 대무영이 기녀들을 보호하느라 전전긍긍한다면 도전자들을 제대로 상대하지 못할 것이라고 생각한 것이다.

하지만 서른한 명씩이나 되는 기녀가 몇 달 동안이나 묵을 장소를 그렇게 쉽게 찾을 수 있는 게 아니었다.

대무영은 월영에게 묵을 장소를 구하라고 말한 이후부터 한시도 쉬지 않고 호천장 안팎을 살피고 다니면서 도전자들의 습격에 대비했다.

쿵쿵쿵!

첫 번째 도전자가 죽은 지 이틀째 되는 날 정오가 조금 넘은 시각이었다.

두 번째 도전자가 호천장의 굳게 닫힌 전문을 세차게 두드리는 소리가 장원을 울렸다.

대무영은 도전자를 데리고 호천장에서 보이지 않는 낙수 강가의 백사장으로 갔다.

자신이 도전자와 싸우는 광경을 기녀들에게 보이고 싶지 않았기 때문이다.

도전자는 묵묵히 따라왔으며 어떠한 이상한 행동도 취하지 않았다.

그는 대무영이 강호에 출두한 이후 만났던 몇 안 되는 정정당당한 강호인 중에 한 명이었다.

그는 도전자로서의 최대한의 예의를 갖추어 자신이 하북

성에서 온 쇄금도(殺禽刀) 장현립(張玄立)이며 후선이라고 소개했다.

"공격하겠소."

쇄금도 장현립은 두 손으로 움켜잡은 한 자루 푸르스름한 도를 허공에 비스듬히 비껴들고 묵직하게 말한 후에 곧장 일직선으로 대무영을 향해 짓쳐왔다.

지금까지 꽤 많은 자를 상대해 본 대무영은 쇄금도가 짓쳐오는 모습을 보며 그가 꽤 고강하다고 생각했다. 하지만 대무영의 상대는 되지 못했다.

위이잉!

산악을 쪼갤 듯이 쇄금도의 도가 일 장 반 높이의 허공에서 내려꽂히면서 파공음이 허공을 진저리치게 만들었다.

대무영은 도가 반 장 거리에 이르렀을 때 세차고 날카로운 경풍(勁風)이 쏟아지는 것을 느꼈다.

'도풍(刀風)이다.'

강호의 견식이 어느 정도 쌓인 그는 그것이 도가 일으키는 도풍이라는 사실을 깨달았다.

슈욱!

그러나 도풍 따위로 그를 어떻게 하지는 못한다. 그는 오히려 쏟아지는 도풍을 뚫고 쇄금도를 향해 마주 솟구쳐 가며 어깨의 목검을 뽑았다.

내가 강호의 법(法)이다 95

소용돌이 도풍이 그의 온몸을 휩쓸면서 옷이 마구 찢어졌다. 그러나 무쇠보다 강건한 그의 몸에는 터럭만 한 상처도 입히지 못했다.

도풍을 뚫고 치솟은 그의 눈에 크게 놀라고 있는 쇄금도의 모습이 보였다.

그리고 공격을 전개하는 중인 쇄금도의 온몸은 허점투성이였다.

딱!

"큭!"

대무영의 목검이 쇄금도의 왼쪽 허벅지를 짧고 가볍게 강타했다.

머리나 목을 칠 수도 있었으나 그렇게 하지 않았다. 단지 허벅지를 때린 것은 정정당당하게 도전한 사람에 대한 대접이라고 생각했다.

푹!

"윽……."

쇄금도는 백사장에 묵직하게 내려섰다가 왼쪽 허벅지를 움켜잡으며 한쪽 무릎을 꿇었다.

비록 가볍게 때린 것이라서 뼈는 부러지지 않았으나 쇄금도는 더 이상 싸우지 못할 것이고 또한 한동안 다리를 절룩거려야 할 것이다. 대무영이 딱 그만큼의 충격만 가했기 때문이다.

　대무영은 쇄금도의 다섯 걸음 앞에 내려서서 목검을 거두고 그를 바라보았다.

　쇄금도는 복잡한 표정으로 대무영을 쳐다보다가 신음과 함께 물었다.

　"어째서 급소를 치지 않은 것이오?"

　대무영은 담담하게 대꾸했다.

　"나는 내가 싸우는 상대를 둘 중 하나로 대접하기로 작정했소. 죽이는 것과 살리는 것이오."

　쇄금도는 후자 살리는 쪽이라는 뜻이다.

　"그렇게 나누는 이유는 무엇 때문이오?"

　"간단하오. 살 가치가 없는 자는 죽이고, 살아서 다른 사람에게 도움이 될 만한 사람은 살리는 것이오."

　대무영은 첫 번째 도전자를 죽이고 나서 그런 자신만의 규칙을 정했다.

　쇄금도의 표정이 조금 복잡해졌다. 대무영의 분류에 의하면 쇄금도 자신은 다른 사람에게 도움이 될 만한 사람이라는 뜻이다.

　"음, 무서운 생각이오. 즉, 단목검객 귀하가 강호의 법(法)이라는 뜻이 아니오?"

　대무영은 '강호의 법'이라는 그의 말이 몹시 마음에 들어서 힘껏 고개를 끄떡였다.

"그렇소. 내가 강호의 법이오."

그렇게 말하면서 그는 이제부터 자신이 강호의 법이 돼야겠다고 생각했다.

하지만 그것은 큰 의미에서의 강호의 법이 아니다. 자신에게 닥친 사건이나 일, 도전자들에 한해서라는 뜻이다.

그렇지만 쇄금도에겐 마치 천하제일인이 하는 말처럼 거만하게 들렸다.

쇄금도는 대무영의 정정당당함과 거만함이라는 모순(矛盾)이 잘 이해되지 않는다는 표정을 지었다.

그가 보기에 대무영은 예의를 지키고 또 정정당당한 것 같은데 내뱉는 말은 광폭하기 짝이 없었다. 하지만 그는 오래 고민하지 않았다.

"어쨌든 내가 패했음을 인정하오. 그리고 이것은 내 후선 중패요."

그는 자신이 패했음을 깨끗이 인정하고 허리춤에서 후선 중패를 풀러 대무영에게 던져주었다.

대무영은 두 번째 도전자인 쇄금도를 이기고 나서 자신의 거처인 별채로 가서 찢어진 옷을 벗고 새 옷으로 갈아입은 후에 본채로 향했다. 그런데 한 가지 기쁜 소식이 기다리고 있었다.

 월영이 자신들이 두어 달 동안 머물 장소를 구했다는 것이다. 무란청과 낙수천화 사이에 있는 아담한 장원인데 한 달에 은자 이백 냥을 주고 통째로 빌렸다고 한다. 더구나 마침 비어 있는 장원이라서 언제라도 들어갈 수 있어서 더욱 잘된 일이었다.

 해란화와 기녀들은 짐이 없어서 몸만 가면 되기 때문에 즉시 그곳으로 옮겼다.

 해란화는 호천장을 떠나기 전에 대무영을 먼발치에서만 바라보다가 월영이 등을 떠미는 바람에 주춤거리면서 가까이 다가왔다.

 "무영가, 몸조심하세요."

 그녀는 그 한마디를 해놓고는 우수에 깃든 검고 큰 눈으로 말끄러미 대무영을 바라보았다.

 그녀의 눈동자에 수만 마디 하고 싶은 말이 담겨 있는 것과 그 뜻을 대무영은 알아차렸다.

 대무영은 천군만마의 호위를 받는 것보다 더 든든함을 느끼면서 빙그레 미소 지었다.

 "아프지 마시오."

 더 멋있는 말을 해주고 싶었는데 그 말밖에 하지 못한 것을 그는 두고두고 후회했다.

호천장에 혼자 남게 된 대무영은 날이 어두워지기 전에 급히 집에 다녀왔다.

주루 무란청에는 들리지 않고 집에만 들른 이유는 북설에게 시킬 것이 있어서였다.

그런데 뜻밖에도 집에 있어야 할 주지화와 홍화쌍접이 보이지 않았다.

북설의 말로는 대무영이 도전자들하고 싸우는 동안 주지화가 어디 다녀올 곳이 있다면서 떠났다는 것이다.

주지화처럼 활달한 소녀가 매일 좁은 집구석에만 갇혀서 지내면 좀이 쑤셔서 미쳐 버릴 것이다. 그녀가 바람이라도 쐬고 온다면 오히려 잘된 일이다.

대무영은 북설에게 화음현 오룡방에 가서 단목조원들에게 자신의 말을 전하라고 시켰다.

북설은 난데없이 단목조원들을 기루의 호위무사로 쓰겠다는 대무영의 말에 어리둥절했다.

도대체 무슨 기루고 대무영이 그곳하고는 무슨 연관이 있는지 북설은 아무것도 모른다.

하여튼 그녀는 별로 내켜하지 않은 표정을 지었다. 대무영 곁에서 돈벌이를 하는 사람은 자신 하나만으로 족하다고 생각하기 때문이다.

그러나 대무영의 의지가 확고부동한 것을 깨닫고 군말 없이 화음현으로 떠났다.

그러면서 그녀는 단목조원들에게 이곳의 조건을 그다지 좋게 말하지 않아서 훼방을 놓을 것이라고 나름대로 꼼수를 세웠다.

밍기적거리는 북설을 서둘러서 떠나보내고 집을 나서려다가 대무영은 문득 무슨 생각에선지 주루에 있는 용구를 살짝 불러냈다.

"용 형, 혹시 집에 무슨 일이 생기면 내게 연락해 주시오."

대무영은 용구에게 자신이 있는 호천장의 위치를 알려주면서 당부했다.

"대 형, 어떻게 됐소?"

용구는 대무영이 여덟 명의 도전자를 상대하는 것에 대해서 몹시 궁금하게 여기다가 비로소 물었다.

대무영은 빙그레 미소 지었다.

"두 명 물리쳤소."

"둘 다 후선이었소?"

"그렇소."

"아아……."

용구는 경악과 감탄 어린 표정을 얼굴 가득 떠올렸다. 그는 새삼스럽게 존경의 표정으로 대무영을 바라보았다.

화음현 거리에서 처음 만났던 맨발에 목검을 멘 괴이한 모습이었던 한 소년이, 어느새 쟁천십이류의 군주가 되어 후선들을 아무렇지도 않게 물리치는 고수가 되었다는 사실이 꿈만 같았다.

또한 그는 자신이 대무영 곁에 측근으로 머물러 있다는 사실을 영광으로 여기고 있었다.

더구나 그는 뜻하지 않게도 대무영에게 은자 팔천오백 냥이라는 거금을 받는 횡재를 했다.

뿐인가. 현재 그는 청향과 미래를 약속하며 깊이 사귀고 있는 중이다.

또한 잠자는 시간을 쪼개가면서 자신의 삼재검법을 부단히 수련하고 있다.

대무영은 용구에게 매우 중요한 사실을 일깨워 주었었다. 아무리 하찮은 검법이나 무술이라고 해도 필경 깊은 오의가 있는 법이므로, 수만 번 수억 번 수련을 거듭하다 보면 언젠가는 경지에 오른다는 진리였다.

예전의 용구는 그저 무의미하게 소득 없는 검법 수련을 계속했었다.

그러나 지금은 자신도 반드시 강해진다는 확고한 믿음을 갖고 삼재검법의 변화 하나하나에 세심하게 주의하면서 수련에 임하고 있다.

그 결과 예전에는 무심히 지나쳤던 여러 가지 사실을 깨우치게 되었다.

그중 가장 큰 한 가지가, 삼재검법을 하루에 백 번 수련하면 백 번 모두 다르다는 사실을 깨닫게 된 것이다.

그래서 그는 같은 사람이 같은 초식으로 전개하는데 어째서 할 때마다 각각의 전개가 움직임 등 여러 가지가 다른 것인지 분석을 하면서 수련을 하다 보니까 시나브로 실력이 점차 빠르게 증진되고 있었다.

한마디로 용구는 대무영으로 인해서 인생의 큰 전환기를 맞고 있다.

지금의 용구에게 있는 모든 것과 또한 그가 나아가려고 하는 방향은 모두 대무영으로 인해 얻은 것이다.

대무영이 집을 나서려고 할 때 용구가 등 뒤에서 말했다.

"대 형, 새해는 될 수 있으면 집에서 가족들과 함께 보내는 것이 좋겠소."

그것은 비단 용구만이 아닌 아란이나 청향 등 가족 모두의 바람일 것이다.

골목으로 나선 대무영이 생각해 보니까 이제 새해가 불과 닷새밖에 남지 않았다.

그래서 그는 섣달그믐 마지막 날에는 될 수 있는 한 집에서 보내야겠다고 마음먹었다.

 * * *

 호천장에서 보내는 다섯 번째 밤이다.
 그는 본채 주방에서 혼자 밥을 지어 먹고는 별채로 왔다.
 해란화와 기녀들이 모두 이사를 가서 텅 비어 있기 때문에 본채에서 지낼 수도 있지만 그동안 익숙해진 별채에서 지내는 것이 편했다.
 그는 이곳에서 지낸 닷새 동안 하루도 빼놓지 않고 무술 수련을 했었다.
 매화검법과 유운검법. 그리고 백보신권을 번갈아 가면서, 혹은 한데 뒤섞어서 수련을 했다.
 하지만 오늘 밤에는 조금 다른 수련을 하기로 마음먹었다.
 백보신권 제일초식 격공금룡을 전개하여 외공기가 어디까지 발출될 수 있는지 확인하려는 것이다.
 백보신권에는 도합 세 가지 초식이 있으며, 일초식이 격공금룡, 이초식 달마도인, 마지막 삼초식이 보리항마다.
 격공금룡보다 달마도인이 두 배 이상 강하고, 삼초식 보리항마는 달마도인보다 서너 배 위력적이다.
 하지만 때로는 초식을 상황에 따라 시기적절하게 전개함

으로써 격공금룡이 보리항마보다 더 유용한 결과를 만들어낼 수도 있다.

말하자면 낫을 써야 할 때에 망치를 사용하면 제대로 효과를 보지 못한다는 뜻이다.

그런 의미로 봤을 때 격공금룡과 달마도인, 보리항마는 제각기 쓰임새가 다르다고 할 수 있다.

격공금룡은 이름 그대로 격공(隔空), 즉 허공을 격하여 내공을 발출하는 수법이다.

하지만 대무영은 심법을 배운 적이 없기 때문에 단전에 내공을 축적하지 않았다.

다만 팔 년여 동안 매화검법과 유운검법을 수련하면서 하루도 쉬지 않고 백보신권을 연마했기에 내공하고는 상반되는 외공의 기운, 즉 외공기(外功氣)가 자연적으로 생성되어 있는 상태다.

외문무공(外門武功)을 연마하는 모든 사람이 외공기를 지니고 있는 것은 아니다.

그중에서 아주 극소수만이 외공기를 갖고 있으며, 그것도 몸 밖으로 발출할 정도의 대단한 외공기를 지닌 사람은 아마 대무영이 유일할 것이다.

외문무공을 익힌 사람은 외문무공에 적합한 무술을 배우는 것이 상식이다.

말하자면 심법이나 내공하고는 전혀 상관이 없는 무술을 배워야 한다는 것이다.

　그러나 대무영은 심법과 내공을 바탕으로 익혀야 하는 백보신권을 외문무공으로 삼고 외문무공의 방식으로 오랜 세월 동안 연마해 왔다.

　그 과정에서 내공이 있어야 익힐 수 있는 백보신권의 초식들이 비틀려 커다란 변화를 일으켜서 그의 몸에 외공기를 축적시킨 것이다.

　말하자면, 백보신권을 펼치기 위해서는 내공이 필요한데 대무영에겐 내공이 없으므로 백보신권의 초식과 수많은 변화가 강제적으로 그의 몸에 외공기를 생성, 축적시켰다고 볼 수 있다.

　그래서 그가 백보신권을 전개하면 외공기가 발출되고, 눈에 보이지 않는 내공과는 달리 흐릿한 주먹의 모습, 즉 권영이 나타나는 것이다.

　그러나 백보신권의 기초가 내공이기 때문에 외공기로는 설혹 극성에 이르더라도 백보(百步)의 십분지 일인 십보(十步)를 달성하는 것조차 어려운 일이다.

　그런 점에서 봤을 때 대무영은 백보신권을 아예 통째로 뿌리째 뒤집어서 전혀 다른 백보신권을 창출해 냈다고 할 수 있다.

별채에서 그가 침실로 사용하고 있는 방은 작은 편이라 끝에서 끝까지의 거리가 이 장 남짓에 불과하기 때문에 시험을 하기에는 거리가 짧다.

그래서 침실 창 쪽 벽의 바닥에서 석 자 높이 탁자에 미리 준비한 머리 두 개 크기의 단단한 바윗돌을 올려놓고 그는 침실 문을 열고 거실 끝으로 가서 섰다. 거리는 삼 장 반. 그의 걸음으로 치면 십이 보인데 이 거리에서 바윗돌을 격파하려는 것이다.

지금까지 대무영의 격공금룡 중에서 허공을 격하여 멀리 있는 표적을 적중시키는 것, 즉 그가 '건너치기'라고 이름을 붙인 수법의 최대거리는 여덟 걸음, 즉 팔 보(八步)였다.

그 '건너치기'를 마지막으로 확인했던 것이 반년 전 화산 미류봉에서였는데, 그동안 얼마나 진전이 있었는지 지금 확인해 보려는 것이다.

자신의 실력이 어느 정도인지 정확하게 알고 있는 것은 무엇보다도 중요한 일이다. 그것이 막상막하의 싸움에서 목숨을 좌우하게 되기 때문이다.

그는 자세를 잡고 호흡을 가다듬은 후에 천천히 오른팔에 힘을 모았다.

내공은 단전에 축적되어 있다가 끌어내서 발출하는 것이지만, 그의 외공기는 오랜 세월 수련에 의해서 온몸의 근육에 고르게 퍼져 있다.

그러나 정확하게 어디에 얼마나 축적되었는지는 모른다. 필요할 때 주먹을 뻗으면 외공기가 발출되었기 때문이다.

그는 십이 보 거리의 바윗돌을 잠시 뚫어지게 쏘아보다가 한순간 오른팔을 힘차게 뻗으면서 전력을 다해서 주먹으로 강하게 끊어서 쳤다.

슈웃!

찰나 그의 주먹에서 흐릿한 권영이 빛살처럼 뿜어졌다.

그러나 권영은 바윗돌을 한 뼘 정도 남겨둔 거리에서 스러졌으며 바윗돌은 요지부동 꿈쩍도 하지 않았다. 이번 건너치기는 실패다.

그는 이번에는 반걸음 앞으로 다가가서 방금 전과 똑같이 권영을 발출했다.

슉!

뻑!

파공음과 동시에 흐릿한 권영이 빛처럼 뿜어지는가 싶더니 바윗돌이 두 쪽으로 쪼개졌다.

한 뼘 이상이나 되는 단단한 차돌바위를 일격에 쪼개다니 굉장한 위력이다.

만약 건너치기가 사람에게 적중된다면 뼈와 살이 완전히 으스러지고 말 것이다.

그러니 건너치기가 아닌 주먹으로 직접 사람을 가격한다면 어떻게 될지 상상이 갈 터이다.

하지만 대무영의 건너치기에 의해서 파괴된 바윗돌의 형태는 내공으로 파괴된 모습과 사뭇 다르다.

내공이면 깨끗하게 갈라지는데 외공기이기 때문에 완전히 산산조각이 나버렸다.

즉, 내공은 속으로 파고들어 충격을 주는데 반해서 외공기는 겉을 파괴해 버린다.

그러니까 파괴력 면에서는 외공기가 더 강력하다고 할 수 있다.

사람에게 적중되면 내공은 내상을 입히지만, 외공기는 살과 뼈를 부숴 버린다는 것이다.

"건너치기는 십일 보 반이로군."

그는 덤덤한 표정으로 고개를 끄떡이면서 이번에는 다른 준비를 했다.

침실의 거실 쪽 벽에서 한 걸음 떨어진 곳 탁자 위에 조금 전과 비슷한 크기의 바윗돌을 세워놓고 그는 거실로 나가 벽에서 두 걸음 거리에 우뚝 섰다.

그와 바윗돌 사이에는 벽이 가로놓여 있다. 이번 시험은 벽에는 아무런 손상을 입히지 않고 벽 너머 탁자 위에 있는 바윗돌을 적중시켜 파괴하려는 것이다.

그런 수법은 내공이 절정에 이른 절정고수만이 가능하며 내가중수법(內家重手法)이라고 한다.

심후한 내공을 손바닥이나 주먹으로 발출하여 일 차 장애물을 흔적 없이 통과시켜서 그 너머에 있는 원하는 표적만 깨부수는 상승수법이다.

예를 들면 내공이 수박 껍질을 그대로 통과하여 겉은 멀쩡하게 놔두고 안쪽만 완전히 박살 내서 물로 만들어 버리는 수법이다.

원래 이런 상승수법은 내가고수(內家高手) 만이 가능한 것으로 알려져 있다.

하지만 대무영은 그런 걸 모른다. 예전에 산에서 백보신권을 수련하던 중에 우연히 나무 뒤편의 다른 나무를 부러뜨린 적이 있었다.

앞에 나무를 쳤는데 그 나무는 멀쩡하고 뒤쪽에 있는 나무가 부러진 것이다.

도저히 이해할 수가 없어서 일렬로 서 있는 다른 나무에 다시 시도해 봤는데 두 번째에는 되지 않았다.

앞쪽의 나무만 부러지고 뒤쪽 나무는 멀쩡했다. 연이어 십여 차례 시도해 봤으나 마찬가지 결과만 나왔다.

그래서 그는 자신이 뭔가 착각했을 것이라 생각하고 그 일은 잊어버렸다.

그런데 다음날 백보신권을 수련할 때 그런 현상이 또다시 나타났다.

그래서 마음을 가다듬고 시도했으나 역시 실패했다. 그러나 한 가지 소득은 있었다.

앞의 나무는 멀쩡한데 뒤쪽의 나무가 부러지는 현상이 착각이 아니었다는 사실이다. 착각이었으면 두 번씩이나 일어날 리가 없는 것이다.

그때부터 모든 것을 다 제쳐두고 그 일에만 매달렸다. 자신이 할 수 있는 온갖 방법을 다 동원했으며, 우연히 그런 현상이 일어났을 때 어떤 초식을 수련하고 있었는지, 또 어떤 상황이고 무엇을 생각하고 있었는지를 생각해 내서 수천 번에 걸쳐서 맹연습을 해보았다.

그러나 결과는 만족스럽지 못했다. 백 번 시도하면 겨우 한 번 성공하는 꼴이었다.

그래도 그는 실망하지 않았다. 우연히 성공한 것보다는 의식적으로 시도해서 백 번에 한 번 성공했다는 사실에 자신감마저 생겼다.

이후 그는 틈만 나면 그것에 대해서 연구하고 또 지독하게 수련을 했다.

그는 일자무식 까막눈이기 때문에 그 수법을 '뒤치기'라고 편하게 이름을 지었다. 이름 그대로 뒤에 있는 표적을 친다는 뜻이다.

그로부터 석 달 동안 맹훈련을 한 덕분에 그는 뒤치기를 열 번 시도하면 한 번 성공하기에 이르렀다.

완전한 성공은 아니지만 석 달 동안 수련 덕분에 뒤치기가 가능한 이유 세 가지를 깨닫게 되었으니 성공에 대한 가능성은 열려 있었다.

첫째, 뒤치기는 백보신권 이초식인 달마도인 다섯 번째 변화를 수련할 때 우연히 발생한다.

둘째, 외공기를 두 개로 나누어 찰나의 차이로 동시에 발출해야 한다.

셋째, 발출하는 순간 뒤쪽의 표적에 온 정신을 집중하며 정신과 외공기가 합일(合一)돼야만 한다.

넷째, 외공기를 발출할 때 끊어서 치지 말고 깊숙이 미는 듯이 발출하고 그와 동시에 끌어당겨야 한다.

이상의 네 가지다. 첫째만 빼고는 세 개 모두 갖춰져야지만 뒤치기를 성공할 수 있다.

"후우……."

대무영은 심호흡을 두어 차례 길게 하고는 한순간 뚝 동작을 멈추었다.

정신을 집중하고 둘째, 셋째, 넷째 조건을 충분히 심신으로 아울렀다고 생각한 순간 전면의 벽을 향해 벼락같이 오른 주먹을 내뻗었다.

투후…….

그런데 주먹을 뻗는 동작이 특이했다. 대장간에서 풀무질을 할 때처럼 천천히, 그리고 깊숙이 미는 것 같은데 어느 순간 주먹을 끌어당기고 있었다.

스퍽!

두 걸음 앞의 벽에서 둔탁하며 가벼운 음향이 흘렀다.

빠각!

그리고 벽 너머에서 뭔가 단단한 물체가 쪼개지는 소리가 터졌다.

대무영은 긴장한 채 전면의 벽을 살펴보다가 곧 실망하는 표정을 지었다.

벽은 뚫어지지 않았지만 주먹 크기의 움푹 꺼진 흔적이 있으며 깊이는 손가락 한 마디 정도다.

대무영은 침실로 들어가 보았다. 박살 난 바윗돌이 탁자 위와 바닥에 흩어져 있었다.

그는 뒤치기를 조금 더 연습해 볼까 하다가 그만두었다. 잘못하다가는 벽이 무너질 수도 있기 때문이다.

第二十六章
무란청의 비극

낙양의 명문세가 중 하나인 운검문.

소문주인 청풍공자 소연풍은 오늘도 낙양 성내로 나가서 하루 종일 거리를 헤매다가 밤이 돼서야 풀이 죽어 운검문으로 돌아왔다.

그는 보름쯤 전에 대무영과 함께 낙랑채에 납치된 낙수천화의 기녀들을 구한 날부터 하루도 빠짐없이 대무영을 찾아서 헤매고 있는 중이다.

지금 낙양 일대에는 단목검객 대무영과 청풍공자 소연풍 단둘이서 낙랑채를 토벌하고 서른한 명의 기녀를 구했다는 영웅담이 파다하게 퍼져 있는 상태다. 그 일로 운검문의 명성은 하늘을 찌를 정도로 높아졌다.

그러나 사실을 말하자면 대무영 혼자서 그 일을 해낸 것이라고 할 수 있다.

소연풍은 처음부터 낙수천화가 습격당했다는 사실을 알지도 못했으며, 대무영이 기녀들을 구하러 간다기에 배를 구해주고 함께 따라갔었던 것뿐이다.

또한 실제 기녀들을 구하는 과정에서도 대무영은 혼자서 수적들을 거의 죽이거나 제압했으며 소연풍은 단지 몇 명만 제압했을 뿐이다.

그런데 대무영과 소연풍 두 사람이 합심하여 그 일을 해낸 것처럼 소문이 나버렸다.

소문이 워낙 걷잡을 수 없을 만큼 급속도로 확산되는 바람에 소연풍이 일일이 쫓아다니면서 그게 아니라고 진실을 밝힐 수 없는 상황이 돼버렸다.

어쨌든 그는 그 사실을 운검문주인 부친과 여동생 소운상에게는 제대로 밝혔다.

또한 대무영이 옥봉검신의 배에서 낙양의 명문인 군림보의 소보주 함자방을 한주먹에 때려죽인 진상과, 그가 옥봉검신과 거의 대등하게 싸움을 벌였다는 얘기도 부친과 소운상에게 해주었다.

부친은 소연풍이 거짓말을 하지 않는다는 사실을 알고 있으면서도 너무 엄청난 사실, 즉 단목검객이 신위인 옥봉검신과 막상막하였다는 사실에 반신반의했었다.

그러나 나중에 그 당시 상황을 직접 목격한 사람들에 의해서 소문이 퍼지자 믿을 수밖에 없었다.

부친은 소연풍에게 운검문의 전 세력을 동원하여 대무영을 찾으라고 지시했다.

자신의 딸 소운상과 대제자 강태율을 구해준 은인이기 때문에 보답을 하려는 것이고 개인적으로 꼭 단목검객을 만나보고 싶었다.

하지만 단목검객 대무영에 대해서 알고 있는 것이 하나도 없는 상황이라서 백사장에서 바늘 하나를 찾는 것이나 다름이 없는 일이었다.

"저는 오늘 하남포구 근처를 샅샅이 찾아봤지만 아무런 단서도 얻지 못했어요."

탁자에 둘러앉은 세 사람 중에 소운상이 식어버린 찻잔을 만지작거리며 시름없는 표정을 지었다.

"하아… 대 형은 이미 낙양을 떠난 것이 아닐까?"

소연풍은 다시는 대무영을 만나지 못할지도 모른다는 사실에 가슴이 답답했다.

"군림보가 복수를 하겠다고 저렇게 혈안이 돼서 대 형을 찾고 있는데… 무슨 일이 생기기 전에 우리가 먼저 대 형을 발견하면 좋으련만."

"군림보 소보주 함자방이 먼저 그분을 공격했다면서요?"

"그랬었지. 함자방이 무작정 공격을 하니까 대 형은 반격을 한 것뿐이었다. 그런데 대 형이 워낙 고강하다 보니까 함자방이 한주먹에 즉사한 것이었지."

소운상은 더 말할 것도 없다는 듯이 단호한 표정이다.

"그렇다면 정당방위예요. 군림보에서는 하등의 트집을 잡을 이유가 없어요."

소연풍은 씁쓸한 표정을 지었다.

"상아, 너도 군림보주가 막무가내 성격이라는 것을 잘 알지 않느냐? 그들은 무슨 수를 써서라도 대 형에게 복수를 하고 말 것이다."

"휴우… 걱정이군요."

소운상은 흘러내린 머리카락을 우아하게 쓸어 올리면서 자신의 생각을 말했다.

"소녀가 그분을 처음 만난 곳은 낙양에서 언사현으로 가는 관도에서였어요. 그 이후에 오라버니께서 그분을 만난 장소는 하남포구였어요. 그렇다면 그분은 연고지가 낙양일 가능성이 커요."

소운상의 말은 주장이라기보다는 간곡한 희망사항이었다.

"그랬으면 좋으련만……."

나란히 앉아 있는 소운상과 소연풍 맞은편의 강태율은 잔뜩 못마땅한 얼굴로 입을 굳게 다물고 있다.

"오라버니."

그때 골똘하게 생각하던 소운상이 뭔가 생각난 듯한 표정을 지었다.

"낙랑채가 이른 새벽에 낙수천화를 습격했다는 소문이 아직 낙양에 퍼지지 않은 시각에 그분은 그 사실을 이미 알고 계셨어요."

소운상은 눈을 빛냈다.

"네 말은, 대 형이 낙수천화하고 밀접한 관계가 있을 것이라는 뜻이냐?"

"그렇기도 하지만, 낙수천화와 하남포구는 지척이에요. 또한 오라버니께서 그분을 만난 곳도 하남포구니까 어쩌면 그분의 집이나 연고지는 하남포구일지도 몰라요."

소연풍은 고개를 힘껏 끄떡였다.

"듣고 보니까 그렇구나. 내일부터는 하남포구를 집중적으로 조사해 봐야겠다."

"그럼 소녀는 낙랑채로부터 구한 기녀들을 직접 만나보겠어요. 어쩌면 그녀들은 그분에 대해서 뭔가 알고 있을지도 모르죠."

계속 듣기만 하던 강태율이 마침내 볼멘소리를 했다.

"도대체 그런 자식이 뭐가 대단하다고 찾지 못해서 이렇게 야단이야?"

소연풍과 강태율은 비슷한 연배라서 친구처럼 지내고 있다. 하지만 소연풍은 강태율의 성격이 편협하고 시기심이 많아서 가까이하지 않으려 애쓰고 있다.

대무영을 비난하자 소연풍이 뭐라고 하기도 전에 소운상이 차갑게 강태율을 꾸짖었다.

"그분이 아니었으면 사형은 지금쯤 죽은 목숨이라는 것을 모르세요?"

오래전부터 속으로 소운상을 연모하고 있는 강태율은 그녀에게만큼은 무조건 굽히고 들어간다. 하지만 같은 이유 때문에 그녀가 대무영에게 연연하고 있는 모습을 보는 것이 속이 뒤틀리는 것이다.

소운상은 평소 강태율이 아무리 눈에 거슬리는 언행을 해도 꾹 참았으나 대무영을 헐뜯는 것에 대해서는 절대로 참지 못했다.

"목숨을 구해준 은인에게 고마운 마음을 갖지는 못해도 어떻게 사사건건 그분을 음해하려는 것인지, 사형의 모난 성격은 더 이상 못 참겠어요."

말을 꺼냈다가 본전도 건지지 못한 강태율은 끙! 신음을 토하고는 속으로 대무영에 대한 분노만 삼켰다.

"소문주!"

그때 문이 거칠게 열리더니 총당주가 급히 달려 들어왔다.

"조금 전에 군림보가 단목검객의 집을 급습했다는 정보를 입수했소!"

소운상과 소연풍의 얼굴빛이 하얗게 질렸다. 결국 우려하던 일이 벌어진 것이다.

"그래서 어떻게 됐소?"

"자세한 것은 모르지만 아마 단목검객의 가족들이 적지 않은 피해를 입은 것 같소이다."

"이런……."

"군림보는 하남포구 일대를 이 잡듯이 뒤져서 단목검객의 집을 찾아냈다고 하오."

소운상과 소연풍은 방금 전에 자신들이 어렵사리 착안한 것을 군림보는 좀 더 일찍 간파하고 하남포구를 뒤진 것이라고 생각했다.

"단목검객의 집이 어딘지 아시오?"

"하남포구에 가면 자연히 알게 될 것이오. 풍비박산된 집을 찾으면 되니까 말이오."

"어서 갑시다."

소운상과 소연풍은 이미 밖으로 달려나가고 있었다.

             *   *   *

 대무영의 감각은 동물적이다. 팔 년여 동안이나 산중에서 한 마리 맹수처럼 생활한 덕분이다.
 동물들의 감각은 인간보다 적게는 십 배 이상 크게는 수십 배에 달할 정도로 발달되었다.
 지금 대무영의 청각이 어떤 미세한 소리를 감지해서 그를 잠에서 깨웠다.
 누군가 지붕의 기와를 걷어내고 있으며, 또 한 명이 창밖에 서 있고, 마지막 한 명은 문밖에 서 있는 기척이다.
 물론 세 명은 모두 호흡을 멈추고 있는 상태다. 하지만 사람이 낼 수 있는 기척은 호흡만이 아니다.
 살아 있으면 살아 있는 기척을, 죽은 자는 사자의 기척을 흘려내게 되어 있다.
 대무영은 천천히 일어나서 앉았다. 잠을 잘 때는 수면호흡을 하고, 깨어 있으면 활동호흡을 하지만 일어나서 앉은 그의 호흡은 수면호흡을 하고 있다. 보이지 않는 미지의 적들을 방심시키기 위한 것이다.
 그는 호랑이나 늑대의 반 장 지척까지도 추호의 기척도 내지 않고 접근할 수 있는 능력을 지니고 있다.

하물며 인간을 상대로 기척을 감추는 것은 식은 죽 먹기나 다름없다.

그는 이들 세 명의 불청객이 도전자는 아닐 것이라고 생각했다. 도전자들이 서로 작당을 하여 급습할 리가 없기 때문이다.

콰자작!

한순간 천장과 창, 문이 박살 나면서 세 방향에서 세 명이 득달같이 실내로 들이닥쳤다.

대무영은 침상에 앉아서 만반의 준비를 갖추고 있었으나 세 명의 불청객을 발견하고 흠칫했다.

파아—

천장을 뚫고 하강하는 자가 실내 전체를 뒤덮을 만한 그물을 펼쳐서 아래를 향해 던졌고, 대무영의 오른쪽 창을 뚫고 침입한 자는 수십 개의 검고 반짝이는 암기를 파도처럼 쏟아냈으며, 정면 문을 부수고 들이닥친 자는 쌍검을 번뜩이며 곧장 짓쳐들었다.

단순히 급습이라고만 예상했었지 그물이나 암기를 쏟아낼 줄은 몰랐었다.

세 명이 동시에 치고 들어온 것 같지만 엄밀히 따지면 간발의 차이가 있다.

최초는 천장이다. 커다란 그물을 뒤덮어서 대무영의 행동반경을 최대한 좁힌다.

그 다음 두 번째 창을 뚫은 자가 수십 개의 암기를 뿌려서 대무영으로 하여금 그것을 피하거나 막도록 압박하여 운신의 폭을 더욱 좁힌다.

그리고 마지막 쌍검이 대무영의 급소를 파고들면 찰나지간에 급습은 끝나 버린다.

이것은 살수가 강적을 제거할 때 즐겨 사용하는 전형적인 수법이다.

대무영은 처음에는 세 괴한의 변칙적인 급습이 뜻밖이라서 가볍게 움찔했으나 곧 냉정을 되찾고 정면에서 쌍검을 찔러오는 자를 향해 오른 주먹을 묵직하게 내뻗어 건너치기를 발휘했다.

뻐걱!

"끽!"

쌍검을 찔러오던 자는 대무영의 전면 반 장 거리에서 흐릿한 권영을 콧잔등에 적중당해 쥐새끼가 코끼리에게 짓밟힌 소리를 내며 상체가 확 뒤로 젖혀져서 왔던 방향으로 쏜살같이 날아갔다.

좌악!

파바바아…….

그 순간 그물이 대무영을 뒤덮었고 수십 개 암기가 몸에 꽂혔다.

대무영은 책상다리로 앉은 자세에서 그물을 뒤집어쓰고 온몸이 암기에 꽂혀서 고슴도치처럼 돼버렸다.

처척!

천장과 창을 뚫고 침입한 두 명이 각자 침상 위와 침상 옆 바닥에 내려섰다.

두 명은 지난번에 소운상과 강태율을 습격했던 살수들과 똑같은 복장이었다.

대무영은 이들이 무엇 때문에 자신을 죽이려고 하는지 깨달았다.

소운상과 강태율을 죽이는 것을 방해했다고 복수를 하려는 것이 분명했다.

하지만 이들이 어떤 방법으로 대무영을 찾아냈는지는 의문이다. 비록 적이지만 놀라운 자들이다.

두 명은 대무영을 살펴보더니 완전히 제압됐다고 판단하는 것 같았다.

그물을 뒤집어쓰고 암기가 온몸에 꽂혔으니 그렇게 생각하는 것도 무리는 아니었다.

슥—

스릉…….

침상 위에 서 있는 자가 대무영의 몸에서 그물을 걷는 것과 동시에 침상 아래에 서 있는 자가 어깨의 검을 뽑았다. 대무영의 목을 베거나 급소를 찔러서 확실하게 죽이려는 게 분명했다.

쉬익!

침상 아래에 선 자가 검을 휘둘러 깨끗한 솜씨로 대무영의 목을 베어왔다. 어줍지 않은 멋은 일체 없는 전형적인 살수의 검술이다.

그런데 갑자기 대무영이 그자를 보면서 흰 이를 드러내며 히죽 미소를 지었다.

얼굴에 여러 개의 암기가 꽂힌 채로 미소를 짓는 모습은 소름이 끼칠 만큼 섬뜩했다.

"……!"

순간 검을 베어오던 자가 움찔 놀라며 멈칫했다.

슈웃!

대무영이 앉은 자세에서 오른쪽 다리를 번개같이 뻗어 검을 베어오는 자를 향해 날렸다.

우직!

"윽!"

그의 발끝이 검을 휘두르는 자의 손목을 걷어차자 손목이 으스러지면서 검이 손에서 벗어나 침상 위에 서 있는 자를 향해 쏘아갔다.

푹!

"끅!"

검이 침상 위에 서 있는 자의 목 한가운데를 관통했다. 그것은 우연히 일어난 게 아니라 대무영이 처음부터 그럴 작정으로 검을 쥔 자의 손목을 정확하게 때린 것이다.

같은 순간 침상 아래에 서 있는 자의 손목을 으스러뜨린 대무영의 오른발은 거의 동시에 그자의 허벅지를 짧게 내질렀다.

칵!

"흐윽!"

그자는 몸이 기우뚱했다가 그대로 바닥에 나뒹굴었다.

그때 대무영은 옆으로 쓰러진 자세인 그자의 두 눈에서 독한 빛이 흘러나오는 것을 발견하고 뭔가 심상치 않음을 감지했다.

퓨퓨웃!

그 순간 그자가 입을 약간 벌리는가 싶더니 입속에서 쇠털처럼 가느다란 검푸른 암기들이 폭발하듯이 대무영의 상체를 향해 폭사되었다.

바바바박!

대무영이 벌렁 드러누워 피하자 쇠털암기들은 모조리 뒤

쪽 벽에 꽂혔다.

탁!

대무영은 다음 순간 그자의 명치를 발끝으로 가볍게 찍고서 천천히 침상 바닥에 내려섰다.

"끄으으……."

명치를 살짝 찍힌 사내는 입에서 거품을 뿜으면서 바닥에 쓰러져서 사지를 바들바들 떨었다.

대무영은 그자가 죽지 않을 정도, 그리고 또다시 수작을 부리지 못할 만큼만 고통을 주었다. 그자에게서 몇 가지 알아낼 것이 있어서 죽이지 않은 것이다.

대무영은 사내가 눈을 까뒤집으면서 고통스러워하고 있는 동안 그자의 입속과 온몸을 샅샅이 뒤져보았다.

잠시 후 대무영은 그자의 몸에서 나온 것들을 한곳에 모아 놓고는 어이없는 듯 혀를 내둘렀다.

"허어… 도대체 이것들이 다 뭐지?"

대무영은 사내의 입속에서 두 종류의 각기 다른 암기가 담겨 있는 작은 꾸러미와, 한쪽 어금니가 빠진 곳에 어금니 대신 끼워져 있는 흑갈색의 또 다른 꾸러미를 발견했다. 암기는 알겠는데 어금니 대신 끼워져 있는 것이 무엇인지 알 수가 없었다.

또한 사내의 품속에서 열 가지가 넘는 잡다한 물건을, 그리고 허리띠에 매달려 있는 일곱 개의 각기 다른 색의 조그만 가죽주머니에 담겨 있는 희한한 물건들을, 그리고 허벅지 안쪽과 종아리에 차고 있는 주머니 다섯 개에서 또 다른 여러 가지 물건을 찾아냈다.

그러나 수십 종류의 물건 중에서 대무영이 알 수 있는 것은 몇 개에 불과했다.

"흐으으……."

사내가 겨우 숨을 돌리며 꿈틀거리자 대무영은 그를 일으켜서 주저앉혔다.

이어서 뒤쪽에서 사내의 두 팔을 잡고 뒤로 슬쩍 잡아당겨 두 어깨를 탈골시켰다.

뿌드득…….

"크으……."

굉장한 고통일 텐데 사내는 비명을 참으면서 신음 소리만 흘려냈다.

뽀각!

대무영은 그것으로 그치지 않고 발끝으로 사내의 엉치 바로 위를 슬쩍 차서 등허리 척추를 분질러 버렸다.

사내가 일어서지 못하게 하려는 것이다. 대무영이 이러는 것은 강호인 대부분이 알고 있는 혈도를 제압하는 법을 모르기 때문이다.

대무영은 마지막으로 사내의 복면을 벗겼다. 드러난 얼굴은 삼십대 중반의 음침한 분위기의 얼굴이었다.

사내는 퍼질러 앉은 채 일그러진 얼굴로 끙끙 앓는 소리를 냈다.

대무영은 사내 앞 침상에 걸터앉아 물었다.

"너희는 무얼 하는 놈들이냐?"

"끄으으… 어서 죽여라……."

사내는 고통으로 일그러진 얼굴로 대무영을 쏘아보며 으르렁거렸다.

툭!

"끄악!"

대무영이 앉은 자세에서 발끝을 까딱하여 사내의 오른쪽 옆구리 약간 위쪽을 가볍게 건드리자 그자는 처절한 비명을 질러댔다.

갈비뼈 하나가 부러져서 날카로운 조각이 간을 찢으면서 파고든 것이다.

"너희는 무얼 하는 놈이냐?"

"어흐으으……."

사내는 너무 고통스러워서 죽어가는 앓는 소리만 냈다.

툭!

"흐아악!"

대무영은 이번에는 반대쪽 갈비뼈를 슬쩍 건드려서 또다시 부러진 갈비뼈의 날카로운 뼛조각이 다른 장기를 찢게 만들었다. 그것은 차라리 죽는 것보다 몇 배나 더한 처절한 고통이다.

사내는 고통으로 혼절할 지경이 돼버린 상태에서도 대무영이 결코 두 번 묻지 않고 곧바로 응징을 가한다는 사실을 깨달았다.

"너희는 무얼 하는 놈이냐?"

대무영이 세 번째 같은 질문을 했다. 사내는 육체의 고통과 온 정신을 저미는 섬뜩한 공포의 이중고로 인해서 뺨을 푸들푸들 떨었다.

대무영은 지금까지 사람을 죽이기는 했어도 지금처럼 가혹한 고통을 가해본 적은 한 번도 없었다.

하지만 그는 필요에 따라서는 얼마든지 잔인해질 수 있는 사람이다.

또한 혈도를 제압하는 법은 모르지만, 온몸의 뼈와 장기, 내장 따위의 구조에 대해서는 훤하기 때문에 어딜 어떻게 건드려야지만 상대에게 어느 정도의 고통을 가할 수 있는지 잘 알고 있다.

오랜 세월 산중생활을 하면서 수많은 맹수와 싸우고 또 숱한 위험지경을 견디며 수백 번 다쳐본 사람만이 그런 것들을 알 수 있다.

슥―

대무영이 다시 발끝을 움직이려고 하자 사내는 질겁하며 다급히 외치듯 말했다.

"우린 비사루(秘死樓)의 살수다!"

"살수? 그게 뭐냐?"

열 살 때 입산하여 십팔 세 초겨울에 하산한 대무영이 살수가 무엇인지 알 리가 없다.

지난번에 소운상도 살수라는 말을 했었는데 무언지 알지 못하고 지나갔었다.

사내는 대무영이 일부러 모르는 체하는 것이라고 생각했다가 곧 생각을 바꾸었다.

그의 얼굴에서 진짜 의아한 표정을 발견한 것이다. 살수 세 명의 급습을 아무렇지도 않게 물리친 고수가 살수가 뭔지 모르다니 사내는 뭐 이런 놈이 있는가라는 생각에 머릿속이 마구 헝클어졌다.

하지만 대무영이 살수가 무엇인지 알든 모르든 설명하지 않았다가는 또다시 극심한 고통을 당할 것이라는 두려움에 서둘러 설명을 했다.

"돈을 받고 사람을 죽인다? 원한도 이유도 없이 말이지? 돈만 주면 아무나 죽인다니, 이놈들 아주 나쁜 놈들이로군?"

설명을 다 듣고 난 대무영은 강호에서 정말 사라져야 할 놈들은 살수라고 생각했다.

"네놈들이 오늘 밤에 날 공격한 것은 지난번에 내가 소운상을 도와주었기 때문이냐?"

대무영의 두 번째 질문이다. 한 번 말문이 터진 살수는 즉각 대답했다.

"그렇다. 일을 방해한 자는 반드시 죽인다는 것이 본 루의 규칙이다."

툭!

"끄아악!"

대무영이 발끝으로 위쪽 갈비뼈를 부러뜨리자 사내는 지금까지 중에서 가장 처절한 비명을 내질렀다. 부러져서 삐죽삐죽한 뼛조각이 폐를 찢었기 때문이다.

"흐으으… 대… 답을 했는데… 무엇 때문에……."

사내는 입에서 피를 쿨럭쿨럭 쏟으며 구슬프게 항의했다.

대무영은 눈살을 찌푸리며 중얼거렸다.

"내 기분을 더럽게 만드는 놈에겐 반드시 고통을 가한다는 것이 내 규칙이다."

방금 사내가 한 말을 약간 비틀어서 모방한 것이다. 대무영은 강호 생활을 하면서 자신의 규칙을 하나씩 만들어가고 있었다.

"비사루는 어디에 있느냐?"

"끄으… 금보산(金寶山) 예검곡(銳劍谷)에 있다……."

사내는 쓰러지지도 못하는 상태라서 몸을 푸들푸들 떨며 고통에 겨워 간신히 대답했다.

"한 대 더 맞겠느냐?"

"무… 엇 때문에……."

"금보산은 알겠는데 예검곡은 모르겠다. 지도를 그려라."

"어… 떻게……."

투둑… 뻐걱…….

"끄아악!"

대무영은 아무렇지도 않게 사내의 잡아 뽑았던 오른팔 어깨를 제자리에 맞춰주었다.

사내는 식은땀을 줄줄 흘리면서 얼굴빛이 새하얗게 질려 대무영을 쳐다보았다.

"네 피를 찍어서 바닥에 그려라."

사내는 대무영을 사람으로 보지 않았다. 염마왕보다 더 잔인무도한 그 어떤 존재로 여겼다.

그러므로 피가 아니라 똥오줌을 찍어서 그리라면 그려야 한다고 생각했다.

그는 자신의 입에서 흐르는 핏물을 손가락에 찍어서 바닥에 정신없이 금보산 예검곡에 있는 비사루의 위치를 정확하게 그리려고 애썼다. 그러면서 중간에 상세한 설명을 하는 것을 잊지 않았다.

잠시 후에 바닥에 피 칠을 한 엉망진창의 피의 지도, 혈도(血圖)가 완성되었다.

그렇지만 만약 사내의 설명이 없었으면 알아먹기 불가능한 지도다.

대무영은 만약을 위해서 비사루라는 곳의 위치를 알아두어야겠다고 생각했다. 자꾸 귀찮게 굴면 직접 찾아가서 결판을 내줄 심산이다.

사내는 간절한 눈초리로 대무영을 바라보았다. 그는 대무영이 고통 없이 자신을 죽여주기를 원했다.

"마지막 질문이다. 누가 소운상을 죽이라고 너희에게 돈을 주었느냐?"

대무영은 '청부' 라는 말을 길게 풀어서 물었다.

"하… 함자방… 군림보 소보주……."

"그놈이?"

주지화의 배에서 대무영의 주먹에 맞아 죽은 군림보 소보주 함자방이라는 놈이 소운상을 죽여 달라고 청부를 했다는 것이다.

"어… 어서… 죽여다오……."

칵!

무란청의 비극 137

"끅!"

대무영은 발끝으로 사내의 왼쪽 가슴을 짧게 끊어 쳐서 심장을 으스러뜨려 죽였다.

대무영은 살수 세 구의 시체를 강가에 끌어다가 모래에 파묻어 버렸다.

침실이 온통 피투성이가 돼버린 것은 어쩔 수가 없었다. 바닥이며 벽, 침상, 이불 전체가 피범벅이었다. 침상 위에 서 있다가 목에 검이 꽂힌 살수가 흘린 것이다.

피범벅 속에서 자면 꿈자리가 뒤숭숭할 것 같아서 어쩔 수 없이 그는 본채로 옮겨가서 자기로 했다.

자정이 거의 다 되어가는 시각에 그는 본채의 어느 방 침상에 누워서 잠을 청하고 있었다.

쿵쿵쿵!

"대 형!"

"무영아!"

그런데 그때 전문이 부서질 정도로 세차게 두드리는 소리와 남녀의 악을 쓰는 듯한 고함 소리가 함께 들려왔다.

대무영은 벌떡 일어나 앉았다. 남자의 목소리는 소연풍이고 여자는 월영이 분명했다.

그는 정신이 번쩍 들어 밖으로 내달리기 시작했다. 이런 늦은 시각에 소연풍과 월영이 함께 오다니 필경 무슨 큰일이 난 것이 분명했다. 더구나 소연풍과 월영은 서로 모르는 사이가 아닌가.

*　　　*　　　*

대무영은 호천장에서 전력으로 달려서 불과 이 각 만에 집 무란청에 도착했다.

무란청은 주루 입구와 창문이 부서져 있는 것이 제일 먼저 눈에 들어왔다.

주루 안은 그보다 더 난장판이었다. 탁자와 의자 등 모든 집기가 부서져서 바닥에 뒹굴어 있었다.

그러나 그보다 대무영의 눈길을 붙잡은 것이 있다. 바닥에 흩뿌려져 있는 피였다.

군림보가 쳐들어 왔다면 그들이 피를 흘렸을 리가 없다. 이것은 가족들의 피가 분명했다.

대무영은 호천장에 찾아온 소연풍과 소운상, 월영의 말을 들은 순간 이미 제정신이 아니었다.

친어머니가 돌아가시고 천애고아가 된 그가 산에서 팔 년여 동안 야인이 되어 생활을 하다가 마침내 세상에 내려와서

무란청의 비극 139

처음으로 갖게 된 가족들이고 그들로 인해서 난생처음 가족의 행복을 맛보았었다. 그래서 하루하루가 꿈처럼 행복했었다.

대무영에게 아란과 청향 등은 그냥 가족이 아니다. 비단 모든 사람에게 가족이란 소중한 존재겠지만, 그에겐 피눈물이 나도록 끔찍하게 소중한 가족들이다.

난장판으로 변해 버린 주루 안을 보는 순간 대무영은 눈이 뒤집혀 버렸다.

소연풍과 소운상은 이 소식을 듣고 제일 먼저 무란청으로 달려와서 상황을 살펴보았다.

그 결과 대무영의 가족은 한 명도 남김없이 군림보에 끌려갔다는 사실을 확인했다.

소연풍과 소운상은 예전에 자신과 대무영이 낙랑채로부터 구했던 기녀들을 수소문해서 그녀들이 있는 곳을 알아냈고, 월영을 들쳐 업고는 호천장으로 달려왔던 것이다.

대무영은 그들에게 이미 상황을 다 들었으나 직접 눈으로 보게 되니까 이성을 잃어버렸다.

주루 뒷문을 통해서 집 안으로 달려가 보았으나 아무도 없었다. 다만 가족들이 거세게 반항한 흔적들이 여기저기에서 발견될 뿐이다.

노부모도 어린 조카들도 보이지 않았다. 아무 죄 없는 가족

전체가 공포에 질린 채 군림보 무사들에게 포획된 짐승처럼 끌려가 버렸다.

대무영이 집 안까지 다 둘러보고 다시 무란청 입구로 나설 때 소연풍과 소운상이 달려오고 있었다. 월영은 소연풍에게 업혀 있었다.

"대 형!"

"무영아"

소연풍과 월영은 해쓱한 안색에 일그러진 표정을 지으며 우뚝 서 있는 대무영 앞으로 달려오며 소리쳤다.

"으흑흑! 무영아, 어떻게 하면 좋으니……."

대무영의 가족에 대해서 아무것도 모르고 있던 월영은 소연풍의 등에서 뛰어내려 그의 팔을 붙잡고 흐느껴 울기만 했다.

소운상은 아무 말도 하지 못하고 눈물만 흘리며 안타까운 표정을 지었다.

"대 형……."

소연풍은 어금니를 악문 대무영의 두 눈에서 흡사 성난 맹수의 그것 같은 이글거리는 눈빛이 흘러나오자 움찔하며 말을 잇지 못했다.

"소 형, 군림보로 안내하시오."

대무영이 이를 갈면서 중얼거리자 소연풍은 움찔하더니

초조한 얼굴로 만류했다.

"대 형, 어쩌려는 것이오?"

"어쩌기는, 내 가족들을 찾아와야지."

"그야 당연한 일이지만… 군림보는 고수와 무사가 삼백여 명이나 되오. 대 형 혼자서는 그들을 상대하기 어렵소. 그러니 일단 본 문으로 가서 아버님과 상의를 하는 것이 좋을 것 같소."

대무영은 무서운 얼굴로 소연풍을 쏘아보았다.

"안내하겠소? 말겠소?"

소연풍은 도저히 그를 만류할 수 없다는 것을 깨닫고 고개를 끄떡였다.

"알겠소."

월영이 흐느끼며 대무영의 팔을 붙잡았다.

"무영아, 군림보인지 뭔지 그놈들 다 죽여 버려라."

"알았습니다, 누님."

월영은 눈물을 흘리며 독한 표정을 지었다.

"죄 없는 사람 가슴에 못질을 하는 놈들은 마땅한 죗값을 받아야만 돼."

第二十七章
생사혈전(生死血戰)

자정이 넘은 군림보의 전문은 굳게 닫혀 있었다.
 그 앞에 대무영이, 그리고 뒤에 소연풍, 소운상이 나란히 서 있다.
 "대 형……."
 대무영이 걱정되는 소연풍이 뭐라고 말하려는데 소운상이 그의 소매를 잡아당기면서 만류했다.
 지금 대무영에게 무슨 말을 해도 들리지 않을 것이기 때문에 쓸데없는 말을 하지 말라는 뜻이다.
 대무영은 전문을 쏘아보며 나직하게 중얼거렸다.

"두 사람은 돌아가시오."

소연풍과 소운상은 동시에 움찔했다. 대무영의 말이 무슨 뜻인지 알기 때문이다.

하지만 그의 말이 옳다. 현재 대무영은 가족 때문에 눈에 보이는 것이 없는 상태이므로 군림보와 한바탕 크게 싸울 것이 분명하다.

그런데 소연풍과 소운상이 그와 함께 행동한다면 군림보에서는 두 사람도 똑같이 적으로 여길 것이다. 운검문의 소문주인 두 사람의 그런 행동은 운검문이 군림보를 공격하는 것이나 같은 의미가 될 터이다.

소연풍은 착잡한 표정을 지으며 어떻게 해야 할지 결정을 내리지 못했다.

"함께 행동하겠어요."

그런데 소운상이 단호한 얼굴로 불쑥 말하며 한 걸음 앞으로 나서 대무영 왼쪽에 섰다.

군림보하고 적이 되더라도 이것이 대무영의 은혜를 갚는 길이라고 그녀는 판단했다.

소연풍도 성큼 한 걸음 나서려고 하는데 대무영이 나직하게 중얼거렸다.

"싸움이 시작되면 나는 두 사람의 안전까지 책임지지 못할 것이오."

두 사람이 뭔가 말하려고 하는데 대무영은 갑자기 화살처럼 전문을 향해 돌진했다. 더 이상 지체할 정도로 그의 마음은 편안하지 못했다.

우지끈!

그는 온몸으로 전문을 뚫고 안으로 쏘아 들어갔다. 전문에는 둥글고 커다란 구멍이 뻥 뚫렸다.

소연풍과 소운상은 그 자리에서 움직이지 못했다. 방금 대무영의 말이 귓전에서 쟁쟁거렸다. 싸움이 시작되면 그가 두 사람을 책임지지 못한다는 말이다.

정말 그럴 것이다. 두 사람은 대무영을 돕기는커녕 자신의 목숨을 지키기에도 버거울 것이다. 그러므로 따라 들어가는 것은 객기다.

소연풍이 대무영을 뒤따라가려는 것을 소운상이 잡았다.

"안 돼요!"

그녀는 대무영이 어둠 속으로 사라지고 있는 모습을 전문에 뚫린 구멍을 통해서 주시하며 냉정한 표정을 지었다.

"그의 말이 맞아요. 따라 들어가면 우린 대 상공의 짐만 될 거예요."

"그렇다면 내가 지금 당장 본 문으로 달려가서 아버님과 문하제자들을 이끌고 오마."

"오라버니께서 다녀오기 전에 상황이 끝날 거예요."

그렇다. 소연풍이 아무리 빨리 다녀와도 한 시진 이상 걸릴 것이다.

그동안에 대무영이 죽든 아니면 군림보가 지리멸렬하든 결판이 날 것이 분명하다.

소운상은 눈도 깜빡이지 않았다.

"더구나 본 문이 개입되는 것이 오히려 대 상공에겐 해가 될지도 몰라요."

일단 두 사람은 전문에서 멀찌감치 피했다.

전문이 박살 나는 커다란 소리에 전문 근처 전각에서 군림보 무사들이 쏟아져 나왔다.

그때는 이미 대무영이 군림보의 거의 한복판까지 달려 들어가 있는 상태였다.

전문 근처 여러 전각에서 쏟아져 나온 무사들은 전문이 뻥 뚫려 있는 것만 보았을 뿐 아무것도 발견하지 못했다.

전문 밖에 있던 소연풍과 소운상은 멀찌감치 물러나 담 모퉁이에서 상황을 지켜보고 있었다.

대무영은 무인지경을 달렸다. 전문에 구멍이 뚫린 사실을 군림보 깊숙한 곳에서는 아직 모르고 있었다.

그는 잠시 멈춰서 주위를 둘러보았다. 주변에는 으리으리한 전각들뿐이라서 가족들이 갇혀 있을 것 같지 않았다.

우선 가족들을 찾아서 구하는 것이 급선무라고 생각했다. 가족들을 놔두고 싸움이 벌어지면 군림보 놈들이 가족들에게 무슨 해코지를 할지 모르는 일이다.

그래서 아무 전각이나 뛰어들어서 자고 있는 자를 한 놈 두들겨 패서 심문을 해보려고 생각했는데 마침 저만치 전각 모퉁이에서 두 명의 무사가 두런두런 대화를 하면서 걸어 나오고 있는 것이 보였다.

"어?"

두 명의 무사는 자신들을 향해 시커먼 인영 하나가 곧장 무서운 속도로 짓쳐오자 놀라서 그 자리에 멈췄다.

너무 갑작스러운 일이라서 무기를 뽑아 대처해야 한다는 생각도 미처 하지 못했다.

뻑!

"끅!"

대무영은 다섯 걸음 앞에서 건너치기를 발출하여 무사 한 명의 얼굴을 짓뭉개 놓고, 다음 순간 남아 있는 무사 코앞에 들이닥치며 손을 뻗어 목을 움켜잡았다.

"캑!"

그는 얼굴이 알아볼 수 없을 정도로 짓이겨져서 즉사한 자와 목을 움켜잡은 자를 양손에 잡고는 근처 전각과 전각 사이로 스며들었다.

"하남포구에서 끌고 온 사람들은 어디에 있느냐?"

그는 목을 움켜쥔 자를 벽에 밀어붙여 놓고 잡아먹을 듯 험악한 얼굴로 묻고는 목을 잡은 손에 약간 힘을 풀었다.

"끄으으… 모… 릅니다……."

"사람을 가두는 곳이 어디냐?"

대무영은 질문을 바꿨다.

겁에 질린 무사는 한쪽 방향을 가리켰다.

"저쪽… 인공산 아래에 뇌옥이 있습니다만……."

칵!

"큭!"

대무영은 무사의 목을 손을 칼처럼 세워 짧게 쳐서 목뼈를 부러뜨려 죽이고 그가 가리킨 방향으로 쏘아갔다.

군림보 놈들이라면 단 한 놈도 살려두고 싶지 않았다.

군림보의 뒤쪽에는 인공으로 만든 그리 높지 않은 하나의 아담한 산이 있다.

오솔길을 따라 십여 장쯤 올라가니 철문이 하나 있고 그 앞에 불을 피워놓고 세 명의 무사가 졸고 있었다.

드긍…….

대무영은 철문을 묵직하게 열고 어두컴컴한 안으로 거침없이 들어갔다.

반쯤 열린 철문 밖 모닥불 옆에는 졸고 있던 세 명의 무사가 입에서 피를 토한 채 쓰러져 죽어 있었다.

퀴퀴한 곰팡이 냄새가 진동하는 뇌옥 안은 빛 한 점 없이 캄캄했다.

그러나 칠흑 같은 어둠 속에서도 올빼미처럼 잘 보는 대무영에게는 전혀 문제가 되지 않았다.

뇌옥 한가운데는 통로이고 양쪽에 일정한 간격으로 철문들이 늘어서 있었다.

대무영은 빠른 걸음으로 나아가며 철문 위쪽의 좁은 쇠창살을 통해서 안을 들여다보았다.

어떤 뇌옥은 비어 있고 또 어떤 뇌옥에는 알 수 없는 자들이 한 명씩 갇혀 있는데, 차가운 돌바닥에 웅크리거나 엎어져서 자고 있는 모습이다.

그리고 마침내 여섯 번째 오른쪽 뇌옥에서 그의 걸음이 뚝 멈추었다.

쇠창살 사이로 뇌옥 안의 광경을 발견한 대무영의 눈이 쭉 찢어지며 반가움과 곤혹한 눈빛이 흘러나왔다.

뇌옥 안에는 그토록 걱정했던 가족들이 모두 있었다. 한쪽 구석에 웅크리고 있는 아란이 청향의 아이 남매를 양쪽 품에 안고 있으며, 청옥, 청미는 노부모와 한데 뒤엉켜 누워서 서로의 체온을 나누며 잠들어 있었다.

그리고 그 옆에는 용구가 피투성이 처참한 모습으로 누워 있으며, 그 옆에 청향이 그를 꼭 안은 채 누워 있었다.

이런 엄동설한에 이불 한 장 없는 차가운 돌바닥에서 자다가는 얼어 죽기 십상이다.

가족 한 명 한 명이 추위에 떨면서 자고 있는 모습이 비수처럼 대무영의 심장에 쑤셔 박혔다.

더구나 용구의 처참한 몰골을 보니 대무영은 무슨 일이 있었는지 보지 않았어도 짐작할 수 있을 것 같았다.

용구의 얼굴은 완전히 짓이겨져서 사람처럼 여겨지지 않을 정도였다.

또한 어깨와 가슴, 옆구리에서 피를 흘리고 있는데 치료도 하지 않은 모습이다.

용구는 집에서 유일하게 무술을 하는 사람이다. 그는 군림보의 무사들로부터 가족을 지키기 위해서 제 한목숨 버릴 정도로 저항을 했던 것이 분명하다.

대무영은 우선 가족들부터 구하고 나서 군림보를 철저하게 짓밟아주리라 마음먹었다.

철컹!

그가 철문의 빗장을 열고 들어가자 가족들이 깨어 겁에 질린 모습으로 신음을 흘리며 웅성거렸다. 워낙 캄캄해서 대무영인지 알아보지 못한 것이다.

저벅저벅…….

대무영이 천천히 걸어가는 발걸음 소리가 섬뜩하게 들려서 가족들은 서로 한데 모여 부둥켜안으며 신음을 흘리고 흐느껴 울기 시작했다.

"이놈들아! 우리를 모두 죽인다고 해도 무영이 있는 곳을 알아내지는 못할 것이다!"

그때 갑자기 아란이 시커먼 모습으로 우두커니 서 있는 대무영을 향해 앙칼지게 외쳤다. 그를 군림보의 무사라고 여긴 것이다.

아란은 모두의 앞에 나서서 두 팔을 벌려 가족들을 보호하는 자세를 취하며 악을 썼다.

"우리를 다 죽이면 나중에 내 동생 무영이 반드시 복수할 것이다! 네놈들을 한 놈도 남겨두지 않고 모조리 죽여서 우리 원혼을 위로해 줄 것이다!"

대무영은 아란의 피를 토하는 듯한 절규를 듣고 울컥 뜨거운 것이 치밀어 올랐다.

"아란 누님."

대무영은 아란 앞에 무릎을 꿇고 두 손을 뻗어 그녀의 어깨를 잡았다.

"……"

아란은 소스라치게 놀라서 눈을 동그랗게 뜨더니 두 눈에 눈물이 가득 차오르며 몸을 부르르 떨었다.

"무… 영이니?"

"네, 누님. 무영입니다."

"무영아……."

대무영은 아란을 품에 꼭 끌어안았다. 품속에서 그녀가 몸을 바들바들 떠는 것이 생생하게 느껴졌다.

"무영아… 네가 왔구나… 우리 무영이가……."

방금까지만 해도 악을 쓰면서 여장부답게 당당했던 그녀가 대무영의 가슴을 흠뻑 적시면서 흐느껴 울고 있다.

사실 그녀는 죽을 만큼 겁이 났었다. 그러나 대무영을 보호해야 한다는 간절한 일념 때문에 모성애 같은 본능이 활화산처럼 터져 나왔던 것이다. 대무영에게 그녀는 엄마 같은 누님이었다.

"흑흑… 무영아……."

"오라버니……."

"으앙! 삼촌!"

청향과 청옥, 청미, 그리고 두 명의 조카가 울음을 터뜨리면서 한꺼번에 대무영에게 달려들어 안겼다.

대무영은 그들 모두를 두 팔을 벌려 힘껏 부둥켜안고 뜨거운 눈물을 흘렸다.

영웅선읍(英雄善泣). 영웅은 원래 잘 운다고 했으나 대무영은 눈물이 많은 편이 아니다. 그러나 지금은 솟구치는 눈물을 참을 수가 없었다.

대무영은 여러 번에 걸쳐서 인공산의 뇌옥과 군림보 밖을 오가면서 가족들을 안전하게 다 구해냈다.
기다리고 있던 소연풍 소운상 남매는 급히 근처에서 수레를 구해 와서 가족들과 중상을 입은 용구를 태우고 두터운 이불로 꽁꽁 덮어주었다.
"대 형······."
"가족들을 부탁하오."
소연풍이 이제 가족들을 구했으니 함께 돌아가자고 대무영에게 말하려는데 그는 한마디 던지고는 쏜살같이 군림보를 향해 달려갔다.
"무영아!"
"오라버니!"
아란과 청향, 청옥, 청미가 날카롭게 그를 불렀다. 아란은 조금 전에 대무영이 복수를 할 것이라고 서슬이 퍼렇게 악을 쓰더니 이제는 그가 다칠까 봐 겁이 났다.

가족들을 구해낸 대무영은 더없이 홀가분했다. 그리고 머릿속과 온몸이 분노로 활활 타올랐다.

그가 군림보에 도착했을 때 이미 많은 무사가 깨어나 있었으며, 인공산의 뇌옥에 갇혀 있던 가족들이 탈출했다는 사실이 발각된 상태였다.

대무영은 전문을 통해서 당당하게 걸어 들어갔다. 이제는 거칠 것이 없기 때문이다.

그가 할 일은 군림보주에게 어째서 가족을 납치했는지 따지고 책임을 묻는 일 뿐이다.

그가 전문 앞에 이르렀을 때 십여 명의 무사가 주위를 경계하고 있었다.

그는 화산에서 새로 마련한 목검을 오른손에 움켜쥐고 무사들에게 똑바로 다가갔다.

"웬 놈이냐?"

"멈춰라!"

무사들이 대무영을 발견하고 호통을 쳤으나 그는 멈추기는커녕 목검을 치켜들었다.

빠빠빠빡!

매화검법 제일초식 비폭노조가 전개되자마자 목검이 번뜩이며 하나같이 십여 명의 무사 머리를 후려갈겼다.

머리가 터지고 쪼개진 자들이 추수 마당의 벼 포기처럼 후드득 쓰러지는 한가운데를 대무영은 성큼성큼 걸어 전문 안으로 들어갔다.

전문 안에는 사십여 명의 무사가 여기저기에 흩어져 있다가 전문 밖에서의 소란을 듣고 몰려들고 있었다.

무사들은 고함을 치면서 대무영의 앞과 좌우에서 한꺼번에 공격해 왔다.

단목검객의 가족들이 구출됐으며 필경 단목검객이 직접 쳐들어왔을 것이니 각별히 주의하라는 명령이 이미 무사들에게 하달된 상태였다.

대무영은 목검을 꽉 움켜쥐고는 곧장 앞으로 걸어갔다.

쏴아아―

수십 자루 도검이 대무영 한 몸으로 빈틈없이 소나기처럼 쏟아져 내렸다.

순간 대무영의 목검이 허공을 가르는가 싶더니 자신을 향해 맹렬하게 베어오는 수많은 도검 중에서 두 자루의 옆면을 가볍게 툭! 툭! 쳤다.

빈틈이 없으면 만들면 된다. 그는 좌우로 벌어지는 두 자루 무기 사이로 파고들며 번개같이 목검을 휘둘렀다.

따딱!

목검이 무사 두 명의 머리통을 부숴 버렸다.

한 번 틈이 생기면 그 좌우로 연이어서 빈틈이 생기게 마련이다.

슈슈슉!

대무영의 목검은 아예 육안으로 보이지 않을 정도로 빠르게 허공을 갈지자로 움직였다.

빠빠빠빡!

목검은 한 번도 헛손질이 없다. 또한 상대를 속이는 무의미한 속임수 동작도 없다.

다만 가장 짧은 거리에서 무사들의 머리와 머리를 빛처럼 빠르게 오갈 뿐이다.

군림보 무사들은 대무영을 공격하지도 못하게 되었다. 그가 무사들 한복판으로 파고들어 종횡무진 목검을 휘두르기 때문에 자칫하면 동료들이 당하고 말 상황인 것이다.

대무영은 빠르게 이리저리 이동하지도 않았다. 그저 성큼성큼 걸어가면서 전후좌우로 마치 파리를 쫓듯이 목검을 휘두를 뿐이다.

그의 시선은 전방에 고정되어 있다. 좌우는 물론 뒤쪽은 아예 돌아보지도 않았다. 그런데도 전후좌우의 적을 마구잡이로 거꾸러뜨리고 있다.

꼭 좌우와 뒤를 둘러보아야 하는 것은 아니다. 시선은 정면을 향해 있어도 곁눈이라는 것이 있고, 또 무엇보다 발달된 청각이 있으므로 도검이 일으키는 파공음과 적들의 발걸음소리, 호흡 따위만으로도 '나 여기 있다'라고 정확한 위치를 가리키고 있는 것이다.

대무영이 열 걸음 남짓 걸었을 때 더 이상 그를 공격하는 무사는 없었다.

쓰러진, 아니, 죽은 자가 이십여 명이며 절반에 달했고 나머지 이십여 명은 순식간에 벌어진 일, 아니, 참상에 질겁해서 감히 덤벼들지 못했다.

더구나 대무영이 이십여 명의 무사를 죽인 시간은 길어야 두 호흡 정도에 불과했다.

그 짧은 시간에 심장을 펄떡이며 살아 있던 사람 이십여 명이 싸늘한 시체로 변한 것이다.

바닥에는 시체들이 즐비했다. 이십여 명은 하나같이 목검에 머리통을 한 대씩만 맞았을 뿐인데 그걸로 즉사했다.

머리가 깨지고 쪼개져서 흘린 피와 심한 경우 뇌수까지 흘러서 바닥은 질퍽했으며 역한 피비린내가 진동했다.

슥—

대무영은 대여섯 걸음 떨어진 곳에서 주춤거리고 있는 무사들에게 다가가려는 동작을 취했다.

"으헛!"

"와앗!"

순간 무사들은 소 건너는 웅덩이에 파리 떼 흩어지듯이 사색이 되어 뒤도 돌아보지 않고 우르르 도망쳤다.

대무영은 그들을 쫓지 않고 곧장 안쪽으로 달렸다.

군림보에는 전문 안쪽에서 대무영의 도륙 광경을 본 무사들만 있는 것이 아니다.

 그 광경을 멀리에서 봤든가 보지 못한 더 많은 무사가 여기저기에서 쏟아져 나와 벌 떼처럼 대무영에게 짓쳐오는데 그 수가 백여 명에 달했다.

 대무영은 자신을 향해 파도처럼 쇄도해 오는 무사들을 향해 성큼성큼 마주 걸어갔다.

 그는 예전 오룡방 시절에 적도방 무사 수십 명과 박투를 벌인 적이 있었다.

 군림보 무사들은 적도방 무사들하고 질적으로 다르다. 적도방 무사들은 어중이떠중이 오합지졸이지만 이들은 중원 한복판인 낙양에서도 꽤 유명한 방파의 무사들이다.

 그렇지만 대무영에게는 적도방이나 군림보나 별반 차이가 없다. 굼벵이하고 송충이가 달라봐야 거기에서 거기가 아니겠는가.

 "모조리 죽여주마."

 그는 쏟아져 오는 무사들을 향해 걸어가다가 갑자기 화살처럼 빠르게 달려갔다.

 기다리는 것이 지루했다. 그리고 촌각이라도 더 빨리 놈들을 죽이고 싶었다.

 내 가족을 건드린 놈들을, 그녀들에게 고통을 준 놈들을 부쉬 버리고 싶었다.

 달려오던 무사들은 대무영을 잃어버리고 멈칫거렸다. 공격하는 사람은 내가 이런 속도로 달려가고 상대가 저만치에서 다가오고 있으니까 어디쯤에서 공격을 전개하면 될 것이라고 마음속으로 계산을 하고 있다.

 그런데 대무영이 그들의 계산을 짓뭉개버렸다. 순식간에 코앞까지 쇄도해 오고 있는 것이다.

 빠빠빠빠빡!

 대무영은 번개처럼 번뜩 번뜩 목검을 휘두르면서 한가운데를 일직선으로 관통했다.

 단 한 호흡 만에 십오륙 명이 골통이 빠개져서 우르르 퉁겨지고 쓰러졌다.

 대무영은 한 무리를 관통하고서도 그냥 지나치지 않고 되돌아서 우왕좌왕하고 있는 무리를 향해 다시 돌진했다.

 그는 구태여 매화검법 같은 초식을 전개할 필요도 없다는 것을 깨달았다.

 이들은 그가 팔 년여 동안 힘들여 익힌 초식으로 상대할 가치도 없는 자였다.

 그래서 그는 닥치는 대로 목검을 휘둘렀다. 산중에서 늑대나 호랑이, 곰 따위를 상대할 때는 초식이 필요 없다. 짐승을 상대하는데 초식까지 전개할 필요가 없기 때문이다.

군림보의 무사들은 낙양에서도 꽤 알아주는 실력이지만 대무영의 목검 앞에서는 추풍낙엽일 뿐이다.

빠빠빠빡! 따따딱!

"끅!"

"커윽!"

무기끼리 부딪치는 소리도 나지 않았고, 그저 골통 쪼개지고 터지는 소리와 답답한 신음성만 난무할 뿐이다.

"훅! 후우……! 훅!"

몇 걸음 전진하다가 좌우로 또 몇 걸음. 그리고 또 전진하면서 신들린 듯이 목검을 휘두르는 그의 입에서 규칙적인 숨소리가 뿜어졌다.

힘들어서 나오는 숨소리가 아니다. 반대로 그는 점점 기분이 좋아지고 있다.

목검에 머리통이 쪼개져서 피와 뇌수를 뿌리며 퉁겨지고 날아가는 자들을 보면서 뭐라고 설명하기 어려운 쾌감을 맛보고 있는 중이다.

"뭐냐 저자는?"

군림보주 함적능(咸積能)은 자신의 두 눈을 의심할 정도로 놀란 표정을 지었다.

그의 앞에는 눈으로 보고서도 믿어지지 않은 광경이 벌어지고 있었다.

　수하 백여 명이 어지럽게 흩어져 쓰러져 있고, 땅바닥에는 그들이 흘린 피가 내를 이루어 흘렀다.

　그리고 그보다 더 놀라운 광경은, 단 한 명이 수십 명의 수하를 상대로 미친 듯이 목검으로 두들겨 패고 있었다. 그것도 머리통만 정확하게 골라서 가격을 하는데, 한 번 쓰러진 자는 결코 일어나지 못했다.

　그 광경을 보면서 함적능은 뭔가 기분이 몹시 상한 쟁천상류 중에 한 명이 침입하여 군림보를 괴멸시키고 있는 듯한 느낌이 강하게 들었다.

　"다… 단목검객 대무영인 것 같습니다만……."

　함적능 옆에서 역시 질린 듯한 표정을 짓고 있는 단주 한 명이 더듬거렸다.

　"단목검객?"

　함적능은 너무 놀란 나머지 단목검객이 누군지를 잠시 동안 생각해야만 했다.

　"내 아들… 자방을 죽인 그 단목검객 말이냐?"

　"그렇습니다. 우리가 오늘 낮에 끌고 온 가족들은 이미 탈출했다고 합니다."

　"음……."

　함적능은 아들을 죽인 단목검객을 잡아 죽이기 위해서 어떤 희생이라도 치르려고 작심했었다.

그런데 지금 그는 아들의 원수를 눈앞에서 보면서 원한보다는 두려움을 느껴야만 했다.

그가 보고 있는 자는 인간이 아니었다. 염마왕, 아니, 악마의 현신이었다.

수십 명의 수하는 아무도 단목검객의 적수가 되지 못했다. 그의 옷자락조차 건드리지 못하고 이리저리 피하기에 급급한 광경이다.

함적능이 지켜보고 있는 잠깐 사이에 단목검객을 상대하던 수십 명의 수하는 한 명도 남김없이 모조리 땅바닥에 쓰러져 있었다.

확인해 볼 것도 없이 모두 죽었으며 깨진 머리에서 피와 뇌수가 흘러 땅바닥을 적셨다.

함적능은 자신이 아주 더러운 악몽을 꾸고 있다고 생각했다. 현실에서는 이런 일이 일어날 수가 없다.

그때 피가 흠뻑 묻은 목검을 움켜쥔 채 악마처럼 혼자 우뚝 서 있는 단목검객이 천천히 고개를 돌리더니 함적능을 쳐다보았다.

"헉!"

단목검객과 눈이 마주치자 함적능은 상대가 아들을 죽인 원수라는 사실도 잊은 채 심장이 오그라들며 급히 헛바람을 들이켰다.

 대무영은 백여 구가 넘는 시체 사이를 성큼성큼 걸어서 함적능에게 다가오기 시작했다.

 그는 전혀 서두르지 않았다. 어차피 군림보 안에서 살아 숨쉬는 것들은 단 하나도 남기지 않고 죽이기로 작정했기 때문이다.

 문득 함적능은 자신이 겁을 먹고 있다는 사실을 깨닫고는 그것 때문에 분노가 치밀었다.

 그는 멀찍이에서 구경만 하고 있는 백오십여 명의 수하를 향해 절규하듯이 소리를 질렀다.

 "뭣들 하느냐? 어서 저놈을 공격하라! 한꺼번에 공격하면 놈도 어쩔 수 없을 것이다!"

 백여 명 이상이 조금 전에 깡그리 도륙당하는 광경을 보고서도 그는 나머지 수하마저 죽음의 구렁텅이로 몰아넣으려 하고 있었다.

 그러나 그의 생각은 달랐다. 조금 전에 당한 수하들은 싸울 생각도 하지 않고 이리저리 도망만 다니다가 당했으니까, 이번에는 도망치지 않고 백오십여 명이 한꺼번에 사방에서 공격을 펼치면 단목검객 제까짓 놈이 별 수 있겠느냐고 판단한 것이다.

 스릉!

생사혈전(生死血戰) 165

"우리도 함께 공격한다!"

함적능은 자신의 도를 뽑아들며 좌우에 늘어선 단주들과 측근 호위고수들에게 소리쳤다. 기름이 불로 변하면 무섭게 타오른다. 두려움이 분노로 변한 그는 반드시 단목검객을 죽이리라 다짐했다.

함적능은 쟁천십이류의 열 번째 등급인 패령이다. 그리고 다섯 명의 단주, 호위고수 중에는 공부와 명협이 다섯 명이나 된다.

어차피 삼백여 수하 중에서 절반 가까이 죽었다. 지금은 아들의 복수보다는 군림보의 존망이 걸려 있다.

단목검객을 죽이면 군림보도 살고 복수도 할 수 있다. 그러나 만에 하나 그를 죽이지 못하면 군림보도 멸문하고 마는 절체절명의 기로에 선 것이다.

"공격하라!"

함적능은 목청껏 부르짖으면서 도를 움켜쥐고 곧장 대무영을 향해 돌진했다.

그리고 그를 뒤따라서 단주들과 호위고수들이 맹렬하게 짓쳐갔다.

백오십여 수하는 보주가 직접 단주들과 호위고수들을 이끌고 선봉에 나서자 용기백배하여 사방에서 파도처럼 대무영을 향해 쏟아져 갔다.

대무영은 함적능을 향하던 걸음을 멈추고 목검을 움켜잡으며 비릿한 미소를 지었다.

"좋아. 해보자."

그는 이 싸움에서 자신이 반드시 이길 것이라고 장담하지는 않았다.

다만 그는 죽을힘을 다해서 싸울 것이며 설혹 죽는다고 해도 후회는 없다.

피가 섞이지 않았으나 아란과 청향 등은 엄연히 자신의 가족이다.

가족을 지키다가 죽게 되면 그것보다 보람 있는 일은 없을 것이라는 생각이다.

그는 이 싸움에서 자신이 팔 년 동안 익혔던 모든 재주를 쏟아낼 것이라고 다짐했다.

멀리에 있던 함적능보다 주위에 있던 백오십여 명의 무사가 먼저 대무영에게 도달하여 전후좌우 사면에서 그야말로 물샐틈없는 공격을 퍼붓기 시작했다.

촤아아—

第二十八章
강함이 진리다

아비규환의 지옥도가 있다면 바로 이곳이다.

죽은 자의 수가 이백오십 명을 넘어가고 있을 즈음에는 제정신인 사람은 아무도 없었다.

이성을 잃은 사람은 대무영만이 아니다. 군림보주 함적능을 비롯하여 살아 있는 칠십여 명 모두 시뻘겋게 핏발이 곤두선 눈으로 흰 이를 드러낸 채 싸우고 있었다.

군림보 무사를 이백오십여 명이나 죽인 대무영은 살인마로 변해 있었다.

그는 가족들을 납치한 것에 대해서 군림보에 응징한다는

본래의 생각 같은 것은 싸우는 도중에 이미 망각했다.

자신이 함자방을 죽인 것은 정당방위였으며 그것을 꼬투리 잡은 함적능에게 따져야 한다는 생각은 싸우는 도중에 사라져 버렸다.

지금 그의 머릿속에는 오로지 '죽인다' 라는 일념밖에는 남아 있지 않았다.

죽이고 또 죽이다 보니까 결국에는 미쳐 버려서 죽이는 행위밖에는 남지 않은 것이다.

한동안 줄곧 목검으로 적들의 머리만 가격하던 그는 언제부턴가 닥치는 대로 적들의 온몸을 두들겨 패고 있었다.

전후좌우 사방에서 파도처럼 쏟아져 오는 적들의 머리만을 골라서 가격할 수 없게 된 것이다.

그러다가 목검이 부러졌으며 그때부터는 적수공권 두 주먹과 두 발로 적들을 때려눕혔다.

함적능과 군림보의 고수, 무사도 마찬가지다. 눈앞에서 피를 뿌리면서 죽어가는 동료들을 보며 싸우다가 점차 이성을 잃고는 자신의 목숨이 끊어지더라도 단목검객을 죽이고야 말겠다는 처절한 각오만이 남았다.

악에 받혀서 내지르는 괴성과 고함. 그리고 주먹과 발길질이 몸에 맞는 둔탁한 소리와 비명 소리 따위가 한데 뒤섞여 마치 무간지옥에 빠져서 허우적거리는 원귀들의 울부짖음 같왔다.

"죽여라! 저놈은 기력이 다했다! 조금만 더 공격하면 쓰러질 것이다!"

"물러서지 마라! 죽은 동료들을 생각하라! 저놈을 죽이기 전에 죽어서는 안 된다!"

함적능과 단주들은 피를 토하듯이 악을 쓰면서 선봉에서 공격을 주도했다.

함적능은 대무영의 주먹에 왼쪽 어깨를 맞아서 박살 난 상태지만 물러서지 않았다.

다섯 명의 단주 중에서 세 명이 죽고 두 명만 남았으며, 호위고수는 네 명만 남아서 미친 듯이 날뛰고 있다.

"헉! 헉! 헉!"

대무영은 많이 지쳤고 동작도 눈에 띌 정도로 둔해졌으며 물론 위력도 절반 정도 떨어진 상태다.

그도 뼈와 살로 이루어진 인간인 이상 벌써 한 시진 가까이 전력을 다해서 공격을 쏟아내고 있으며 이백오십여 명을 죽였으니 당연한 일이다.

그렇더라도 여전히 그의 주먹이나 발길질에 급소를 정확하게 맞으면 적들은 그대로 즉사했다.

다른 부위에 맞아도 뼈가 부러지고 내장이 터지는 것은 여전했다.

그는 자신이 죽인 적들이 뿌려낸 핏물을 머리 꼭대기부터 발끝까지 온통 뒤집어쓴 시뻘건 혈인(血人)의 모습에 두 눈과 으르렁거리는 이빨만 반짝이고 있었다.

웬만한 사람이라면 그런 그의 섬뜩한 모습에 공포심을 느낄 텐데, 지금 싸우고 있는 적들은 오히려 광기를 드러내고 있었다.

그 피가 동료들이 흘린 핏물이기 때문이다. 게다가 붉은색은 사람이든 짐승이든 흥분하게 만든다.

게다가 대무영은 여러 차례 도검에 찔리거나 베였다. 그러나 그는 멀쩡했으며 살갗에 흠집조차 나지 않았다. 단지 옷이 갈가리 찢어져서 여기저기 맨살이 드러났을 뿐이다. 하지만 그조차도 피에 뒤덮인 모습이다.

그는 이 싸움에서 두 가지 큰 깨달음을 얻었다. 아무리 오합지졸이라고 해도 수백 명과 한꺼번에 싸우는 것은 힘겹다는 사실과, 목검으로는 싸우는데 한계가 있다는 사실이다.

오룡방 단목조장 시절에 싸운 적이 있었던 적도방의 오합지졸이라면 얘기가 다르다. 그들은 그저 하루살이 같은 존재였다.

하지만 같은 오합지졸이라고 해도 군림보 무리는 벌 떼라고 할 수 있다.

하루살이는 그저 앵앵거릴 뿐이지만, 벌은 매서운 침을 지니고 있어서 쏘일 수가 있다.

또한 하루살이는 일격에 여러 마리를 한꺼번에 죽일 수 있지만 벌은 일격에 한 마리, 운이 나쁘면 일격에 한 마리도 죽이지 못할 때가 간혹 있다.

그러므로 결론적으로 군림보는 그냥 오합지졸이라고 할 수 없다는 것이다.

또 한 가지, 다수를 상대할 때 목검은 그다지 좋은 무기가 아니라는 사실을 깨달았다.

그가 힘이 왕성할 때에는 목검으로 적의 아무 부위나 가격을 해도 죽거나 치명상을 입혀서 다시는 일어설 수 없도록 만들었다.

그러나 기력이 떨어지기 시작하자 목검으로 정확하게 머리나 급소를 가격하지 않고는 적을 무기력하게 만드는 것이 쉽지 않았다.

그렇지만 만약 대무영의 손에 목검이 아니라 진검이 쥐어져 있었다면 더욱 파괴적인 위력을 발휘하여 상황이 많이 달라졌을 것이다.

기력이 떨어진 상황에서의 목검은 상대의 팔다리를 부러뜨리는 정도지만, 진검이라면 팔다리를 자르고 몸통까지도 충분히 자르고 베었을 것이다.

목검은 맞고 튀지만, 진검은 쑤시고 박히는 절단력이 있으므로 그 차이는 크다고 할 수 있다.

두 가지 깨달음 중에서 첫 번째인 다수를 상대로 하는 싸움은 이미 막바지까지 진행 중이므로 도저히 돌이킬 수가 없는 상황이다.

하지만 두 번째 진검을 사용하는 것은 언제라도 마음만 먹으면 가능하다.

뻐걱!

"큭!"

대무영은 상체를 숙이고 앞으로 돌진하여 한 명의 면상에 주먹을 정통으로 꽂았다.

그리고 오른쪽의 적을 향해 오른발을 날리는데 갑자기 등줄기에 둔탁한 충격이 전해졌다.

퍽!

도검이 아니다. 누군가 쇠몽둥이로 그의 등 한복판을 힘껏 내려찍은 것이다.

싸우고 있는 동안, 그리고 이백오십여 명이 죽어 자빠지는 동안 적들도 진화를 했다.

대무영이 도검에도 찔리거나 잘라지지 않는 전설의 불가사리 같은 존재라는 사실을 깨닫고 찌르고 베기보다는 충격을 가해서 짓이겨 버리는 방법을 찾아낸 것이다.

과연 도검에도 끄떡없던 대무영은 힘껏 내려찍은 쇠몽둥

이를 등줄기에 맞고 앞으로 고꾸라졌다.

기력이 넘칠 때 같으면 쇠몽둥이가 아니라 바윗덩이에 깔려도 끄떡없는 그이지만 지금은 기력이 많이 쇠잔한 상태라서 버티지 못하고 무릎을 꿇은 것이다.

퍼퍼퍼퍽! 콰차차창!

그 순간 기다렸다는 듯이 수십 자루 도검과 쇠몽둥이, 철퇴 따위가 대무영의 온몸으로 쏟아졌다.

"윽......"

그리고는 대무영의 입에서 처음으로 신음이 새어 나왔다.

기력이 떨어졌다고 해도 도검이 철갑처럼 단단한 그의 몸을 뚫을 수는 없지만, 여러 개의 쇠몽둥이가 가하는 둔중한 충격까지는 어쩔 수가 없었다.

절호의 기회를 잡은 함적능과 군림보 무리는 쉴 새 없이 소나기처럼 자신이 지니고 있는 모든 무기를 대무영에게 퍼부었다.

쾅! 퍼퍼퍽!

쇠몽둥이가 머리를 몇 대 강타하자 그는 정신이 아득해지는 것을 느꼈다.

그리고 이대로 엎드린 상태로 조금 더 지속되면 죽을지도 모른다는 절박감이 들었다.

그때 본능적으로 허우적거리던 그의 오른손에 잡히는 것

강함이 진리다 177

이 있었다.
 차가운 감촉. 무기였다. 검인지 도인지 모르겠지만 일단 더듬거려 손잡이를 움켜잡았다.
 "으으… 이놈들……."
 계속해서 수백 대의 뭇매질을 당하고 있는 그는 흰 이를 드러내며 나직이 으르렁거렸다.
 퍠애액!
 순간 그는 땅바닥에 엎드린 자세에서 한 바퀴 회전하면서 힘차게 수중의 무기를 휘둘렀다.
 "으악!"
 "와악!"
 한 번의 휘두름에 적 십여 명의 다리가 수수깡처럼 무더기로 잘라져서 적들이 우르르 거꾸러졌다.
 그 틈에 벌떡 일어선 그는 쓰러지기 전보다 더욱 형편없는 모습으로, 그러나 가일층 포악해져서 가장 가까운 적들을 향해 저돌적으로 짓쳐갔다.
 쐐애액! 퍠퍠액!
 그는 매화검법 삼초식 적멸산화(寂滅散花)를 전개했다. 다수를 상대로 싸울 때 위력을 발휘하는 매화검법 중에서도 마지막 초식 적멸산화는 그가 하산한 이후 처음으로 전개하는 것이다.

그의 목검이 아무리 단단한 박달나무로 만들어졌다고 해도 진검 같은 위력은 없었다.

촤촤촤아아…….

그리고 그는 처음으로 깨달았다. 진검으로 펼치는 적멸산화가 경풍(勁風)을 일으키고 있다는 사실을.

엉겁결에 그가 집어든 무기는 한 자루 검이다. 그러므로 검이 일으키는 경풍은 검풍(劍風)이다.

체내의 내공을 검을 통해서 발출하는 것이 검기(劍氣)이며 내공이 없는 대무영으로서는 요원한 일이다.

하지만 검의 움직임과 변화에 의해서 공기가 격탕하여 일으켜지는 바람, 즉 검풍은 외문무공을 익힌 그도 전개할 수가 있다.

그는 매화검법을 줄곧 목검으로만 수련했었기 때문에 전혀 몰랐었지만 사실 매화검법이 극성에 이르면 자유자재로 검풍을 일으킬 수가 있다.

검풍은 검첨에서도 일으켜지지만 검신으로도 일으켜져서 검이 닿지 않아도 적을 찌르거나 자를 수가 있다.

"으아악!"

"크악!"

대무영이 신들린 듯 적멸산화를 펼치자 검풍이 주위 일 장 이내를 휩쓸며 적들을 마구잡이로 주살했다.

그 광경은 그야말로 참혹함에 다름 아니다. 검풍의 날카로움과 예리함은 검이나 진배없기 때문에, 검풍이 적들의 몸에 닿는 순간 팔다리와 몸통, 목이 뎅겅뎅겅 잘라지며 허공에 튀어 올랐다가 나뒹굴었다.

"이놈들! 죽어라! 죽엇!"

진검이 목검보다 살상력이 훨씬 뛰어나며 검풍까지 일으킨다는 사실에 흥분한 대무영은 악마에서 혈살신(血殺神)으로 변하여 미쳐 날뛰었다.

이미 이성을 잃어버린 적들은 도망치지 않고 악착같이 덤벼들었다.

그래서 조금 전처럼 대무영을 다시 한 번 쓰러뜨릴 수 있을 것이라고 믿었다.

그들은 대무영의 손에 진검이 쥐어져 있다는 사실을 실감하지 못하고 있었다.

기력을 잃어가고 있던 대무영은 자신에 의해서 적들의 팔다리와 몸통, 목이 형편없이 잘라지는 것을 보고 마지막 기력을 끌어올려 종횡무진 검을 휘둘렀다.

"헉헉헉……."

대무영은 오른손에 쥔 검을 늘어뜨린 채 거친 숨을 몰아쉬면서 천천히 주위를 둘러보았다.

서 있는 사람은 그 혼자뿐이다. 주위의 땅바닥에 즐비하게 깔려 있는 것은 전부 시체다.

군림보는 전멸했다. 몇 명쯤은 도망쳤을 수도 있으나 그런 건 아무래도 상관없다.

군림보주 함적능 이하 다섯 명의 단주와 호위고수, 그리고 삼백여 명 이상이 핏물 속에 쓰러져 있으니 군림보는 이것으로 멸문했다고 할 수 있다.

거대한 군림보 내에서 살아 있는 사람은 대무영 혼자다. 그리고 싸우는 동안에 기껏해야 고함 소리와 답답한 신음소리 정도만 터졌기 때문에 군림보가 멸문했다는 사실은 전혀 외부에 알려지지 않았다.

대무영은 거친 호흡이 가라앉을 때까지 한동안 우두커니 서 있었다.

휘이잉—

한 줄기 밤바람이 불어와 온몸을 스치자 그제야 퍼뜩 정신을 차렸다.

심장과 머릿속 가득히 채워져 있던 살심이 밤바람에 실려 날아가 버렸다.

그는 무미건조한 표정으로 천천히 주위를 둘러보았다. 수백의 싸늘한, 그리고 목불인견의 주검을 보면서도 별다른 감정이 느껴지지 않았다.

군림보주에게 가족들을 끌고 온 것에 대해서 준엄하게 책임을 물으려 했었는데 그럴 겨를도 없었다.
 문득 대무영은 '강한 자만이 살아남는다' 라는 지극히 당연한 진리를 깨우쳤다.
 만약 군림보가 더 강했더라면 그는 지금처럼 여기에 혼자 서서 이 광경을 둘러보지 못했을 것이다. 그가 이들보다 더 강했기 때문에 끝까지 살아남은 것이다.
 강호에서 구구한 설득이나 애원, 요구, 항변 따위는 일체 소용이 없다.
 오직 하나 필요한 것은 힘이다. 강자의 힘. 그것만이 먹힌다. 그러므로 강함이 곧 진리다.
 강하면 모든 것이 통용되고, 모든 것이 용서되며, 모든 것이 무사평안하다.
 "나는 지금보다 더 강해질 것이다."
 그의 메마른 입술 사이로 나직한 중얼거림이 흘러나왔다.
 이런 엄청난 싸움, 아니, 전쟁을 치르고 결국 혼자 살아남은 승자가 느끼고 또 깨달을 수 있는 것은 여러 가지가 있을 것이다.
 그러나 그는 이 싸움의 승리에 대한 만족감보다는 강함이 진리라는 사실을 깨우쳤다. 깨달음은 필요한 대로 얻어지는 것이다.

그는 쥐고 있던 검을 버리고 다친 곳이 없는지 몸을 이리저리 움직여 보았다.

등과 어깨, 옆구리, 머리가 욱신욱신 쑤시고 결렸으며 온몸이 아프지 않은 곳이 없었다. 기력이 떨어졌을 때 쇠몽둥이로 두들겨 맞아서 그런 것이다. 하지만 참지 못할 정도는 아니었다.

문득 그의 시선에 붉고 화려한 장포를 입은 시체 한 구가 눈에 띄었다.

이제 생각해 보니까 군림보주 함적능이 그런 장포를 입고 있었던 것 같았다.

함적능은 목이 반쯤 잘라지고 눈을 부릅뜬, 그리고 입을 크게 벌린 모습으로 죽어 있었다. 자신의 죽음을 믿을 수 없다는 듯한 표정이었다.

대무영은 묵묵히 함적능에게 걸어가서 그를 굽어보다가 그의 허리춤을 뒤져 보았다.

역시 함적능의 허리춤에는 쟁천증패 하나가 매달려 있었다. 그의 아들이 공부였으니까 아비도 뭔가 갖고 있지 않을까 짐작했는데 그게 맞았다.

대무영은 함적능의 쟁천증패를 수거했다. 이런 상황에서 쟁천증패를 수거할 정신이 있다니 과연 그다웠다. 쟁천증패를 갖는 것은 승자의 권리라고 생각한 것이다.

그리고 다시 주위를 둘러보다가 군림보 일개 무사들하고는 다른 복장을 하고 있는 자들을 발견했다.

그는 그자들이 함적능 주위에 서 있던 십오륙 명의 측근이라고 기억하고 있다.

그는 십오륙 명의 허리춤을 일일이 다 뒤져서 다시 다섯 개의 쟁천증패를 찾아냈다.

도합 여섯 개의 쟁천증패를 찾아서 품속에 넣으려고 했으나 옷이 갈가리 찢어져서 여의치 않았다.

늘 품속에 지니고 다니는 그의 이름이 새겨진 단검, 즉 무영검(武英劍)마저도 떨어질 듯 말 듯 아슬아슬했다.

할 수 없이 자신의 군주증패 옆에 여섯 개의 쟁천증패를 주렁주렁 달고 무영검을 잘 갈무리한 다음에 천천히 걸어서 전문으로 향했다.

골목 어귀에서 저만치 군림보의 전문을 뚫어지게 주시하고 있는 한 쌍의 크고 맑은 눈이 있다.

소운상이다. 그녀의 얼굴에는 극도의 불안과 초조함이 가득 떠올라 있었다.

대무영이 군림보로 들어간 지 두 시진이 가까워지고 있는데 아직도 그가 나오지 않고 있다.

그녀는 조금 전까지만 해도 군림보 깊숙한 곳에서 아련하게 고함 소리와 비명 소리가 터지는 것을 들었다.

그러나 지금은 아무 소리도 들리지 않는다. 공력을 끌어 올려 청각을 최대한 돋우어도 밤의 정적만 귓바퀴를 쌔애하고 울릴 뿐이다.

그때 전문으로 한 사람이 불쑥 나오는 것을 발견한 소운상의 눈이 더욱 커졌다.

그러나 그녀의 눈에 곧 복잡한 기색이 서렸다. 전문 밖으로 나온 사람이 머리에서 발끝까지 피를 뒤집어쓰고 있어서 누군지 알아볼 수가 없기 때문이다.

그 사람은 두 손에 아무것도 들고 있지 않았으며 전문 밖 거리로 성큼성큼 걸어 나왔다.

'아… 그분이야!'

그제야 소운상은 대무영의 특이한 걸음걸이를 보고 그라는 것을 알아차렸다.

"대 상공!"

그녀는 숨어 있던 골목 어귀에서 나와 대무영을 부르며 나는 듯이 달려갔다.

피를 뒤집어쓴 그가 대무영이라고 확신했다. 아니, 대무영이기를 간절하게 바라는 소망일지도 모른다.

소운상은 혈인의 앞에 멈춰서 그의 맑고 힘찬 눈을 보고서 대무영이라는 것을 다시 한 번 확인했다.

"가족들은?"

"오라버니께서 본 문으로 모셔갔어요."

"갑시다."

대무영은 앞장서라는 눈짓을 해보였다.

소운상은 어디 다친 곳이 없는지 대무영의 모습을 자세히 살펴보았다.

"나는 괜찮소."

소운상은 군림보 전문 안쪽을 힐끗거렸다.

"어떻게 됐어요?"

"모두 죽였소."

"모두……."

소운상은 말을 잇지 못했다.

그녀는 골목 어귀에서 초조하게 기다리는 동안 대무영이 군림보 안에서 어떻게 할 것이라고 여러 방법을 생각했었지만 지금은 아무 생각도 들지 않았다.

"삼백여 명을 모두 죽였다는 건가요?"

"세어보지는 않았소."

"……."

조금 전까지만 해도 대무영의 안위가 걱정돼서 조마조마한 마음이었던 그녀지만, 지금은 그가 조금 무서워졌다.

*　　　*　　　*

　어젯밤에 대무영은 군림보를 전멸시킨 후에 소운상을 따라서 운검문에 갔었다.

　그러나 그는 운검문에서 목욕을 하고 새 옷을 한 벌 얻어 입고는 가족들을 이끌고 무란청 집으로 돌아왔었다.

　용구는 운검문에서 극진하게 치료를 해준 덕분에 경과가 매우 좋아서 대무영과 가족들을 안심시켰다.

　노부모와 아이들을 다 재운 후에 대무영은 아란과 청향하고 뜬눈으로 밤을 지새우며 앞으로의 대책을 상의했다.

　대무영은 아란과 청향이 이곳에서 주루 무란청을 계속하는 것은 활활 타오르는 불길 옆에 지푸라기를 갖다놓은 것처럼 위험하다고 생각했다.

　대무영 자신이 쟁천십이류의 군주로서 수많은 강호인의 표적이 되어 있으며, 이제는 군림보까지 멸문시켰으니 더 위험한 상황이 돼버렸다.

　가족들을 이대로 방치하는 것은 위험천만한 일이기 때문에 뭔가 대책을 세워야만 한다.

　그래서 세 사람이 밤새 궁리를 거듭했으나 이렇다 할 좋은 방법이 나오지 않았다.

　한 가지 궁여지책으로 나온 방법이 아무도 모르는 새로운 곳으로 가서 조용히 웅크리고 산다는 것이다.

아침 일찍 해란화와 월영이 대무영의 집으로 찾아왔다.
그녀들이 무란청 옆 골목으로 들어와 대문 앞에서 기웃거리고 있는 모습을 대무영이 집 이 층 창에서 발견하고는 달려나가서 자신의 방으로 데리고 들어왔다.
방 안 침상에 나란히 걸터앉아 있던 아란과 청향은 들어서는 월영을 보고 의아한 표정을 지었다.
"무영아, 그분들은 누구냐?"
대무영이 월영을 소개했다.
"어젯밤에 우리 가족이 위험에 처한 사실을 여기 월영 누님이 알려주었어요."
"아……."
아란과 청향은 크게 놀라더니 곧 월영의 손을 붙잡고 진심으로 고마움을 표했다.
그런데 그때 아란과 청향은 월영을 뒤따라서 조심스럽게 들어서고 있는 해란화를 발견하고는 눈을 휘둥그렇게 뜨고 놀라 그 자리에서 굳어버렸다.
"아……."
같은 여자인 그녀들이 봐도 해란화는 한눈에 반할 정도로 너무나 아름다웠다. 치명적인 아름다움이 존재한다면 바로 이런 것일 게다.

아란과 청향은 지금이 어떤 상황이라는 것도 망각하고 해란화의 아름다움에만 빠져 있었다.

그녀들의 반응에 해란화는 부끄러워하며 조심스럽게 대무영에게 다가왔다.

"무영가."

그냥 부르기만 했으나 그녀의 얼굴에는 그를 몹시 걱정했다가 이제야 안심하는 기색이 역력했다.

아란과 청향은 해란화가 대무영을 부르는 소리에 부스스 혼미함에서 깨어났다.

"무영아, 이분은 누구시냐?"

아란의 물음에 대무영이 머뭇거리자 월영이 가로채서 얼른 대답했다.

"무영 동생의 정인(情人)이에요."

대무영과 해란화는 깜짝 놀랐다. 설마 월영이 그렇게 대답할 줄은 전혀 예상하지 못했었다.

아란과 청향은 몹시 놀라면서 대무영을 바라보았다. 월영의 말이 사실인지 그가 대답해 주기를 바라는 것이다.

그런데 해란화와 월영까지도 대무영을 말끄러미 바라보았다. 그녀들 역시 과연 그가 뭐라고 대답을 할지 궁금했다.

더구나 해란화는 부끄러워서 얼굴을 붉히면서도 자못 기

대 어린 표정이다.

대무영은 머쓱한 얼굴로 머리를 긁적였다.

"내가 그녀를 좋아하는 것은 맞지만……."

해란화의 표정이 환하게 밝아졌다.

"그녀가 나를 어떻게 생각할지는 아직……."

월영이 해란화를 재촉했다.

"이제 네 차례다."

해란화는 귀까지 붉히며 부끄러워 어쩔 줄 몰랐다.

"무영 동생이 너를 좋아한다고 말했잖느냐? 너의 대답 여하에 따라서 두 사람은 가족이 인정하는 연인이 되느냐 아니냐가 결정될 거야."

해란화는 모두 자신만 빤히 주시하고 있자 고개를 푹 숙이고 말았다.

하지만 지금 분위기로 봐서는 대답을 하지 않을 수가 없는 상황이다.

아니, 월영이 밥상을 다 차려서 숟가락까지 그녀 손에 쥐어 준 상황이다.

그러므로 이제 해란화가 할 일은 밥을 떠서 입에 넣기만 하면 되는 것이다.

그처럼 간단한 것을 천성적으로 수줍음이 많은 그녀는 기어드는 목소리로 겨우 더듬거렸다.

"좋… 아… 해요……."

"뭐라고? 잘 안 들린다."

다 들었으면서도 월영이 다시 채근했다. 그녀는 아란과 청향을 보며 도움을 청했다.

"들으셨어요?"

"아뇨."

아란과 청향은 미소를 지으면서 힘차게 고개를 가로저었다.

월영은 한술 더 떠서 해란화의 팔을 잡아 대무영 앞으로 바짝 끌어당겼다.

해란화는 커다란 체구의 대무영 앞에 고개를 푹 숙이고 옷자락을 만지작거렸다.

"무영가를 좋아해요……."

조그만 목소리지만 모두에게 똑똑하게 들렸다.

어젯밤에 군림보 삼백여 명을 무참하게 도륙했던 살인마는 어디로 가고 지금 이 자리에는 자신을 좋아한다는 소녀의 고백에 바보처럼 벙글벙글 웃는 순진무구한 평소의 대무영만 있을 뿐이다.

"뭐라고? 다시 똑똑하게 말해봐."

옆에 있는 월영이 대무영에게 한쪽 눈을 찡긋해 보이며 장난을 쳤다.

슥…….

그런데 해란화가 두 손으로 대무영의 앞섶 옷자락을 잡고 그를 말끄러미 올려다보면서 또렷한 목소리로 말하는 것이 아닌가.

"천첩은 무영가를 좋아해요."

대무영은 그녀의 두 눈에 눈물이 가득 고여 있는 것을 발견하고 가슴이 뭉클했다.

그녀는 이 말을 하기 위해서 눈물을 흘릴 정도의 대단한 용기가 필요했던 것이다. 그는 이 순간 천하를 다 가진 것보다 더 행복했다.

그녀의 모습은 절박했다. 지금 고백하지 않으면 대무영을 영원히 놓쳐 버리기라도 할 것 같은 심정이었다.

"나는… 그러니까…….."

대무영은 너무 좋으면서도 이럴 때는 어떻게 해야 하는지 몰라 얼굴을 붉히며 더듬거렸다.

"바보야. 어서 안아주지 않고 뭘 하는 것이냐?"

"힘껏 안아줘 무영아."

아란과 청향이 거의 동시에 응원을 했다.

대무영은 여전히 자신의 옷깃을 두 손으로 꼭 잡고 자신을 말끄러미 올려다보면서 눈물을 글썽이고 있는 해란화를 굽어보았다.

그와 눈이 마주쳤으나 이번만큼은 해란화도 시선을 피하지 않았다.

그리고 그녀의 크고 아름다운 두 눈에는 어떤 간절함이 가득 담겨 있었다.

그 순간 대무영은 형언할 수 없는 야릇한 감정에 사로잡혔다. 그것은 지금까지 한 번도 느껴본 적이 없는 감정이며, 이상하리만치 가슴속이 행복함으로 충만해졌다.

이윽고 그는 이끌리듯이 두 팔로 해란화의 등과 허리를 안고 가만히 끌어당겼다.

"아……."

해란화는 너무 행복해서 늘씬하고 가녀린 교구를 바르르 떨며 나직한 신음을 흘렸다.

보통 키에 유난히 가녀린 체구인 해란화가 건장한 대무영 품에 안겨 있으니 마치 작은 소녀가 어른에게 안겨 있는 것 같았다.

대무영은 뼈가 없는 듯한 해란화를 품에 꼭 안고는 행복의 절정을 맛보았다.

그것은 해란화도 마찬가지다. 그녀는 뺨을 그의 가슴에 묻은 채 눈을 꼭 감고 방울방울 눈물을 흘리며 너무 행복해서 꿈을 꾸는 것만 같았다.

"……?"

그때 문득 그녀는 이상한 느낌을 받았다. 무언가 매우 크고 단단한 물체가 자신의 배꼽 부위를 강하게 찌르고 있는 것이다.

남자 경험이 없는 순결한 몸인 그녀는 처음에 그것이 무엇인지 알지 못해서 의아했다.

그러나 그것이 점점 더 커지고 또 단단해지면서 또한 살아 있는 듯이 꿈틀거리자 비로소 그것이 대무영의 음경이며 한껏 발기된 상태라는 사실을 깨달았다.

"아!"

이런 경험이 처음인 그녀는 화들짝 놀라서 급히 대무영의 품에서 떨어졌다.

사실 대무영은 자신의 음경이 발기한 사실을 전혀 느끼지 못했었다. 다만 기분이 묘해지면서 매우 흐뭇한 느낌만 받았을 뿐이다.

대무영의 품에서 벗어난 해란화의 시선이 대무영의 하체에 고정되었다.

그곳은 마치 굵직한 막대기를 바지 안에 넣은 것처럼 툭 불거져 있었다.

아란과 청향, 월영은 해란화가 갑자기 그의 품에서 떨어지자 의아한 표정을 지었다가 그의 하체에 벌어져 있는 광경을 발견하고는 어떻게 된 일인지 깨달았다.

"에구… 저런 흉기를……."

기녀로서 사내경험이 많은 월영이지만 저처럼 거대한 물건을 본 적이 없었기에 놀라서 혀를 내둘렀다.

"뭐… 뭐야 저게?'

실로 너무나 오랫동안 사내와 동침을 해보지 못한 청상과부 아란은 그것이 무엇인지 알면서도 생소한 듯, 그리고 그리운 듯 침을 꿀꺽 삼켰다.

"어머머……."

그리고 또 한 명의 과부 청향은 두 손으로 얼굴을 가리며 호들갑을 떨었다. 하지만 손가락 사이로 볼 것은 다 보고 있었다.

第二十九章
무영단(武英檀)

해란화와 월영이 대무영을 찾아옴으로써 그의 고민을 깨끗하게 해결해 주었다.

아란이 마련한 아침식사를 함께하던 해란화가 해결책을 제시했다.

대무영 가족이 자신들과 함께 지내면 어떻겠느냐고 얘기를 꺼낸 것이다.

지금은 해란화와 월영 등 기녀들이 지내고 있는 장원에서 함께 생활을 하고, 기루가 완공되면 그곳으로 옮겨서 앞으로 계속 함께 살자고 제안한 것이다.

또한 아란의 음식 맛을 본 해란화는 그녀가 기루의 주방을 맡아주면 큰 도움이 될 것이라고 말했다.

 아란과 청향은 아무것도 모르고 있다가 그제야 대무영이 은자 백만 냥을 마련하여 해란화와 기녀들에게 기루를 지어주고 있다는 사실을 알게 되었다.

 월영은 현재 공사가 진행 중이므로 아예 기루 가장 뒤쪽 강가 가까운 곳에 아란 등 가족들이 기거할 수 있는 집을 따로 한 채 짓자고 제안하여 그렇게 하기로 결정했다.

*　　*　　*

 다시 호천장에서 혼자 머물게 된 대무영은 보름 사이에 네 명의 후선과 한 명의 패령을 맞이했다.

 그중에 두 명은 아무런 예고도 없이 대무영을 급습했으며, 세 명은 전문을 두드려 대결을 신청했다. 어쨌든 대무영은 다섯 번의 대결을 모두 승리로 이끌었으며 예전처럼 목검으로 싸웠다.

 대무영은 마학사가 전신을 팔았던 여덟 명 중에 일곱 명을 이겼으며 마지막으로 쟁천십이류가 아닌 한 명만을 남겨놓은 상태다.

북설이 돌아왔다.

그녀는 갈 때는 혼자였으나 올 때는 오룡방 단목조원 모두를 이끌고 왔다.

그들은 여전히 오룡방에서 무사생활을 하고 있었다. 조원 네 명이 보충됐으며 새로운 조장이 들어왔으나 예전 단목조원이었던 일곱 명은 조의 이름도 자랑스러운 '단목조'를 그대로 유지한 채 똘똘 뭉쳐서 나름의 위세를 뽐내고 있었다는 것이다.

적도방 적수분타와의 전투에서 단목조는 오룡방 내에서 가장 혁혁한 전공을 세웠었다. 물론 단목조장 대무영의 눈부신 활약 덕분이었다.

북설이 오룡방에 갔을 때 단목조는 새로운 임무를 부여받아서 외지에 나가 있었던 터라서 그들이 돌아오기를 기다리느라 시일을 허비했다.

북설은 그들에게 대무영이 제시했던 조건들을 매우 나쁘게 왜곡하여 전해주었다.

예를 들면 그들이 맡게 될 임무가 한낱 기녀들의 따까리 노릇을 하는 것이라고 지독하게 폄하하는가 하면, 보수는 오룡방에서 받는 것보다 더 적을지 모른다든지, 무엇보다도 좋지 않은 것은 장래성이 전혀 없다는 식이었다.

그런데도 단목조원 일곱 명은 북설의 농간에도 아랑곳하

지 않고 대무영에게 가겠다고 나섰다.

제일 먼저 여자보다 더 아름다운 용모의 이반이 무조건 가겠다고 나섰다.

그러자 단목조의 모사꾼 백면서생 주고후가 나섰고, 그 다음에 냉혹한 성격에 자신밖에 모르는 도무철이, 그리고 막태와 함자방, 차관보가 실질적인 조장 강무교의 눈치를 살피면서 나섰다.

예전 단목조원 중에서 혼자 남게 된 강무교는 쓰디쓴 표정을 지으면서 합류했다.

이들은 대무영하고 불과 사흘밖에 함께 지내지 않았으나 그 사흘 동안에 인생 최고의 나날을 보냈었다.

그래서 대무영이 훌쩍 떠난 후에도 모이기만 하면 대무영에 대해서, 그리고 적수분타 전투에서의 무용담과 대무영 덕분에 자신들이 얼마나 많은 돈을 벌게 됐는지를 회상하며 떠들어댔었다.

그러다가 어느 날 그들의 귀에 낙양에서 활약하는 단목검객 대무영의 소문이 전해졌다.

대무영이 쌍명협이 됐으며 수많은 도전자들을 물리치면서 많은 돈을 벌고 있다는 소문이었다.

그것만이 아니다. 뒤이어 대무영이 낙양 유수의 명문인 군림보의 소보주 함자방을 죽이고 공부가 됐다는 사실과, 천하

제일미라는 쟁쟁한 미명(美名)을 떨치고 있는 옥봉검신 우지 화하고 싸워서 백중지세를 이루었다는 소문이 화음현과 오룡방을 들썩이게 만들었다.

단목조원들은 자신들의 일인 양 기뻐하면서 당장에라도 대무영에게 달려가고 싶어서 궁둥이를 들썩거렸다.

대무영과 함께라면 무슨 일을 하더라도 굉장할 것 같고 앞날이 전도양양(前途洋洋)할 것 같았다.

하지만 대무영과 그들은 이미 끊어진 인연인데 무엇을 계기로 그와 다시 인연을 맺을 수 있을지 막막하기만 했다.

바로 그런 상황에 북설이 찾아와서 대무영의 말을 전했으니, 단목조원들로서는 그야말로 불감청(不敢請)이언정 고소원(固所願)이었던 것이다.

그러니 그녀가 아무리 대무영의 말을 왜곡하고 좋지 않게 말한다고 해서 그런 말이 단목조원들의 귀에 제대로 들어갈 리가 없었다.

해란화와 기녀들, 그리고 대무영네 가족들이 임시로 생활을 하고 있는 장원에서 대무영과 옛 단목조원들의 만남이 이루어졌다.

단목조원 일곱 명은 커다란 방 한가운데에 옹송그린 채 긴장한 표정으로 모여 서 있었다.

이제 곧 대무영을 만난다는 사실에 가슴이 설레기도 하고 또 그가 얼마나 변했을지 기대하는 표정이기도 했다.

그때 문이 열리면서 산뜻한 황의 경장 차림의 대무영이 거침없이 들어서자 그들은 깜짝 놀라면서 자신도 모르게 자세를 바로 하며 일렬로 늘어섰다.

예전에 그들은 조장인 대무영 앞에서 제대로 정렬하지 않고 껄렁거렸으나 지금은 누가 시키지 않았는데도 알아서 부동자세를 취했다.

강무교와 도무철을 제외한 다섯 명은 긴장하면서도 반가운 기색을 감추지 못했다.

단목조의 실질적인 조장 행세를 해왔던 강무교는 경계하면서도 조심스럽게 대무영을 살펴보았다.

그리고 예전에 대무영보다 이틀 먼저 조원이 됐었던 피도 눈물도 없는 성격의 도무철은 언제나 그렇듯이 무표정한 얼굴이다.

단목조원들이 다시 만난 대무영은 예전하고는 비교할 수도 없을 만큼 당당한 모습으로 변해 있었다.

예전의 그는 순진무구하고 해맑았으며 풋내 나는 시골 촌놈의 모습이었다.

그러나 지금은 누가 보더라도 의젓하고 멋들어진 강호인의 모습에 흉내 내기 어려운 대무영만의 묘한 기도를 물씬 풍기고 있었다.

대무영을 따라 들어온 북설은 얼굴에 노골적으로 불편한 심기가 가득 떠올라 있었다.

"여어! 너희들 반갑다!"

대무영은 단목조원들에게 성큼성큼 다가가며 환하게 미소 지었다.

그러다가 그는 일곱 명의 단목조원하고 뚝 떨어진 실내 한쪽 탁자 주위에 어정쩡하게 서 있는 세 사람을 발견하고 뜻밖이라는 표정을 지었다.

"공손 형, 현 형 아니오?"

탁자 주위에 서 있는 세 사람은 오룡방 흑룡단주 공손우와 그의 직속 제일향의 향주 귀야도 현종. 그리고 마지막 한 사람은 놀랍게도 오룡방주의 딸 유조였다.

대무영은 예전 직속상관이었던 공손우와 현종, 특히 소방주 유조가 이곳에 있다는 사실이 의외였다.

대무영이 자신을 쳐다보자 북설은 불퉁한 얼굴로 어깨를 으쓱해 보였다.

"내 책임 아냐 조장. 저들이 그냥 따라왔다니까?"

이제는 남남이지만 그래도 한 때 자신이 몸담았던 방파의 향주와 단주, 그리고 소방주에게 감히 함부로 대하지 못하는 북설이다.

대무영은 단목조원들을 쳐다보고 다시 유조 등 세 사람을 쳐다보았다.

"단목조원들은 내가 불러서 왔고, 그런데 당신들은 왜 온 것이오?"

공손우와 현종은 멋쩍은 얼굴인데 소방주 유조가 앞으로 한 걸음 나서며 매우 상기된 표정으로 말했다.

"소녀는 당신의 조건을 듣고 오고 싶어서 왔어요."

유조나 공손우, 현종 각자에게는 나름대로의 여러 복잡한 사정이 있겠지만, 유조의 말은 그것들을 한마디로 뭉뚱그려서 정리해 버렸다.

이곳에 오고 싶어서 왔다는 것보다 더 적절한 대답이 어디에 있겠는가.

"조건에 대해서는 소녀도 들었어요. 우린 특별대우를 바라지 않아요. 다른 조원들하고 똑같은 일을 할 것이며 똑같은 녹봉과 대우를 받고 싶어요."

유조는 오랜만에 대무영을 만나서 느끼는 여러 감정을 억누르고 거래적인 대화를 하려고 애쓰는 듯했다.

특히 그녀는 '당신 곁에 있고 싶어서 왔어요' 라는 말을 꾹 눌러 참았다.

물론 그녀는 대무영을 이성으로 좋아한다거나 끌리는 것이 아니다.

사실 단목조원 일곱 명이 한꺼번에 오룡방을 떠난다는 보고는 귀야도 현종에게서 흑룡단주 공손우에게로, 그리고 마지막에는 오룡방주 유화곤에게 반각 만에 보고되었다.

그런 사실을 알게 된 유조는 대무영이 모집하고 있는 무사 채용에 자신도 응하고 싶다는 뜻을 부친에게 털어놓았으며, 허락해 주지 않으면 식음을 전폐하겠다면서 거의 반강제적으로 부친의 허락을 받아냈다.

더 넓은 세상, 즉 강호로 나가서 더 많은 경험을 쌓고 싶다는 것이 그녀의 뜻이었다.

하지만 그것만이 전부가 아니었다. 대무영에게 입은 구명지은의 은혜를 갚고 싶은 진심도 있었으며, 대무영이라는 사람에 대해서 더 많은 것을 알고 싶고, 또 그와 함께 미지의 거친 강호를 헤쳐 나가고 싶다는 열망이 가슴속에서 꿈틀거렸다는 것이 그녀의 솔직한 심정이었다.

하나뿐인 딸을 강호로 내보내는 것이 염려스러웠던 오룡방주 유화곤은 누군가를 그녀의 호위무사로 딸려 보내기를 원했고, 공손우와 현종이 기꺼이 나서주었다.

유조의 말을 듣고 대무영은 액면 그대로 받아들였다.

"공손 형과 현 형도 마찬가지요?"

"그렇네."

공손우와 현종은 고개를 끄떡였다. 두 사람은 대무영이 오룡방 단목조장 시절에 이미 쟁천십이류의 명협이었으며 이후 쌍명협을 거쳐서 지금은 공부가 되었다는 사실 때문에 그를 함부로 대하지 못했다. 하대를 하면서도 마음속은 조금 께름칙했다.

귀야도 현종은 대무영이 자신들에게 호형을 하는데도 예전처럼 엄하게 혼내지 못했다. 아니, 호형을 해주는 것이 오히려 고마운 마음마저 들었다.

지금의 단목검객 대무영은 오룡방주조차도 발가락의 때만큼 여길 정도로 대단한 존재인 것이다.

대무영은 선선하게 고개를 끄떡였다.

"알았소. 당신들 세 명도 채용하기로 하겠소."

"고마워요."

조마조마한 표정을 짓고 있던 유조는 대무영의 허락이 떨어지자 환하게 미소 지으며 고개까지 숙였다.

"에… 그러니까 북설에게 자세한 설명은 들었겠지?"

대무영은 유조와 공손우, 현종에게 손짓을 하여 단목조원 쪽으로 정렬하라는 시늉을 하며 물었다.

"그런데… 당신을 뭐라고 불러야 합니까?"

단목조 시절에 대무영의 입안에 혀처럼 살살거리면서 굴었던 이반이 여자보다 더 아름다운 미소를 지으면서 눈을 빛내며 물었다.

"편한 대로 해."

"예전처럼 조장이라고 불러도 됩니까?"

이반은 북설이 대무영을 조장이라고 부르는 것을 귀담아 들었던 모양이다.

"괜찮아."

"알겠습니다. 조장."

대무영이 고개를 끄떡이자 이반은 더욱 환한 표정을 지었다.

그때 돈이라면 사족을 못 쓰지만 언제나 말이 없는 도무철이 불쑥 물었다.

"북설 말대로 녹봉은 은자 닷 냥이오? 정말 그렇다면 나는 빠지겠소."

북설은 대무영이 녹봉으로 은자 닷 냥을 줄 것이라고 거짓말을 했었다.

도무철은 정말 그렇다면 이 기회에 낙양의 다른 일거리를 찾아볼 요량으로 따라왔던 것이다.

북설은 당황했다. 그녀는 대무영의 조건을 그런 식으로 형편없이 말하면 이들이 따라오지 않을 줄 알았었기에 거짓말에 대한 대비책은 세워두지 않았다.

그녀는 단목조원들은 개의치 않았다. 문제는 자신이 중간에서 훼방을 놓았다는 사실을 대무영이 알게 됐으니 각오를 해야 한다는 사실이다.

"원래는 그러려고 했는데……."

대무영은 북설의 농간을 알아차렸으나 그런 걸 갖고 자잘하게 구는 성격이 아니다.

그는 일단 말을 흐려놓고 북설을 쳐다보았다. 그저 담담한 눈길인데도 북설은 오싹한 느낌이 들어서 자신도 모르게 찔끔 오줌을 지렸다.

"녹봉은 은자 오십 냥을 주겠다."

대무영의 말에 질문을 한 도무철이나 단목조원들은 눈을 휘둥그렇게 뜨고 놀랐으며, 유조와 공손우, 현종까지도 적잖이 놀라 자신의 귀를 의심했다.

단목조원들은 오룡방에서 녹봉으로 은자 닷 냥을 받았으니까 오십 냥이면 무려 열 배다.

단주였던 공손우는 삼십 냥, 향주 현종은 이십 냥을 받았는데 그보다도 훨씬 많다.

대무영은 모두를 쓸어보았다.

"하겠는가?"

"하겠습니다."

"하겠네."

약속한 것도 아닌데 모두들 입을 모아 대답했다. 유조와 공손우, 현종도 고개를 끄떡였다.

두 사람은 유조를 호위하는 것만이 목적이 아니다. 그들이 유조를 호위하라는 제안을 선뜻 수락한 것은 고여 있는 물인 오룡방을 떠나서 세차게 흐르는 물에 몸을 맡기고 신선한 경험을 해보기 위해서다.

그들은 흐르는 물로 두말없이 대무영을 선택했으며, 이것이 자신들에게 천재일우(千載一遇)의 기회가 되는지도 모른다고 판단했다.

이반이 촉빠르게 나섰다.

"조장, 우리도 하나의 조직이니까 이름을 하나 지으면 좋겠습니다."

대무영은 잠시 생각해 보니까 동네 개도 이름이 있는데 사람이 열 명이나 모였으니 조직의 이름이 있는 것도 괜찮을 것 같았다.

"좋을 대로 해."

대무영의 허락이 떨어지자 모사 주고후가 즉시 작명했다.

"무영단(武英檀)이 어떻습니까? 조장의 이름에 박달나무 단을 조합한 이름입니다."

"무영단. 아주 좋군!"

모두 좋은 이름이라고 박수를 쳤으며, 이반이 모두를 둘러보고 나서 아부하듯 말했다.

"우리 모두 단주께 인사드리겠습니다."

그러자 모두들 대무영에게 포권을 하면서 허리를 굽혔다.

"단주를 뵈옵니다!"

대무영은 어색하게 웃으며 손을 저었다.

"그만해."

그는 새롭게 무영단원이 된 열 명을 끝에서 끝까지 한 명씩 찬찬히 살펴보았다.

그와 시선이 마주치는 사람은 어느 누구를 막론하고 긴장으로 몸이 뻣뻣해졌다.

그는 열 명을 다 보고 나서 자신이 생각했던 것을 말했다.

"내가 자리를 비웠을 때 너희들을 통솔할 사람이 필요한데 누가 좋겠나?"

"그야 무술이 가장 뛰어나고 통솔력이 있어야지요."

"누가 제일 강하지?"

주고후의 말에 대무영의 시선이 유조와 공손우, 현종 세 사람에게 향했다.

그들이 소방주이며 단주, 향주였으니까 이들 중에서 제일 강할 거라고 생각한 것이다.

공손우와 현종은 자연스럽게 유조를 쳐다보았다.

"소방주께서 제일 고강하십니다."

유조는 살짝 얼굴을 붉혔다.

그때 강무교가 불쑥 나섰다.

"여기 있는 사람은 모두 무영단 단원들이므로 소방주니 뭐니 하는 것은 삼가는 게 좋겠소."

"이 자식이?"

현종이 도끼눈을 뜨고 강무교를 쏘아보는데 유조가 손을 저어 만류했다.

"그의 말이 맞아요. 지금의 나는 단지 무영단의 한 사람일 뿐이에요."

대무영은 유조를 턱으로 가리켰다.

"그럼 그대가 부단주를 하시오."

"말씀을 낮추세요."

유조의 말에 대무영은 고개를 끄떡였다.

"그러지. 부단주는 녹봉으로 은자 백 냥을 주겠다."

그의 파격적인 대우에 비단 유조만이 아니라 모두 눈을 휘둥그렇게 뜨며 놀랐다.

유조는 생전 처음 다른 사람 휘하에서 일을 하게 되었고 녹봉으로 은자 백 냥씩이나 받게 되었다는 사실에 적잖이 흥분을 감추지 못했다.

"그런데 너 이름이 뭐지?"

대무영은 유조의 이름도 모르고 있었다.

"유조예요."

"그래. 유조, 네가 이들을 두 개의 조로 나눠라."

"알겠어요."

그녀는 공손히 대답한 후에 궁금한 듯 물었다.

"우리 일은 기녀들을 호위하는 것뿐인가요?"

대무영은 고개를 가로저었다.

"아니다. 내 가족까지 호위해야 한다. 그래서 두 개 조로 나누라 한 것이다. 하나의 조는 기루를, 또 하나의 조는 내 가족을 호위한다."

"가족 분들은……."

유조는 대무영이 혈혈단신 고아라고 알고 있었기에 의아한 표정을 지었다.

주고후가 눈을 빛냈다.

"조장의 가족은 혹시 연지루 주모 아란과 적수분타 전투에서 죽은 우평림의 노부모, 그리고 처자식들입니까?"

대무영은 고개를 끄떡이며 북설을 턱으로 가리켰다.

"그렇다. 그리고 여기 북설과 용구도 내 가족이다."

"아……."

모두들 북설을 쳐다보았다. 그때 대무영이 오룡방을 떠날 때 북설과 용구는 서슴없이 그를 따라나섰었다. 그 결단 덕분에 대무영의 가족이 된 것이다.

또한 대무영은 주루 연지루의 주모였던 아란과 단목조원이었다가 적수분타 전투에서 전사한 우평림의 가족들까지 거두어서 자신의 가족으로 삼았다.

 그것은 그가 작은 인연일지라도 소중하게 여긴다는 사실을 단정적으로 보여주는 좋은 실례(實例)다.

 북설은 표정이 복잡했다. 대무영은 기회가 있을 때마다 그녀를 자신의 가족이라고 서슴없이 밝히고 있다. 그것이 그녀의 마음을 훈훈하게 그리고 짠하게 만들었다. 그런데도 그녀는 지금 이 순간에도 대무영을 돈을 벌기 위한 미끼로만 생각하고 있는 것이다.

 그런 자가당착에 빠져서 그녀는 복잡한 심정을 떨쳐 버리기가 어려웠다.

"그리고……."

대무영은 씁쓸한 표정을 지었다.

"북설이 너희들을 데리러 간 사이에 한 가지 일이 있었다."

"뭡니까 조장?"

이반은 대무영이 무영단주가 됐는데도 여전히 조장이라고 불렀다.

"내가 함자방을 죽인 것은 알고 있나?"

그러자 모두들 가장 나이가 많은 삼십팔 세의 술고래 함자방을 쳐다보았다.

"함영감은 살아 있는뎁쇼?"

이반이 장난스럽게 웃으며 톡 끼어들었다. 모두들 대무영

무영단(武英檀) 215

이 군림보 소보주 공부 함자방을 죽인 것을 알고 있지만 장난을 쳐본 것이다.

함자방의 별명은 함영감이다. 매사 굼뜨고 식탐, 특히 술욕심이 많고 노인처럼 굴기 때문이다.

"사실은……."

함자방이 벌쭉하게 어색한 미소를 지으며 거칠고 짧은 수염을 쓰다듬었다.

"오룡방에 들어갈 때 이름을 밝혀야 하는데 내 이름이 워낙 싫어서 예전에 군림보에서 하인 노릇할 때 귀동냥으로 들었던 소보주 이름을… 허허헛!"

말인즉 군림보 소보주 이름을 제 이름인 양 무단으로 사용했다는 것이다.

"영감 본명은 뭔데?"

"알아서 뭐해?"

곰 같은 거구에 뺨에 징그러운 흉터가 있는 막태가 묻자 함자방은 발끈 화를 냈다.

평소에는 단목조원들 중에서 가장 성격이 표악한 막태를 제일 무서워했었던 함자방이었다. 그만큼 자기 본명을 밝히고 싶지 않은 것이다.

"말해봐."

대무영이 넌지시 묻자 함자방은 더 이상 뺄 수 없게 되어

오만상을 쓰며 중얼거렸다.

"왕팔단(王八蛋)입니다."

순간 좌중에 무덤 속 같은 고요가 흘렀다.

백면서생 글줄깨나 읽은 주고후가 확인했다.

"망팔(忘八)의 그 왕팔단이오?"

"그렇다니까 우라질! 왜 자꾸 물어?"

함자방, 아니, 왕팔단은 이름 얘기만 나오면 성질을 부렸다.

"푸핫핫핫핫—!"

"으하하하핫!"

"크캬캬캬캬! 왕팔단이래! 천하에 후레자식 파렴치한 왕팔단이라고! 아이고! 나 죽네!"

순간 좌중이 떠나갈 정도로 다들 박장대소를 터뜨렸다.

심지어 몇 명은 바닥에 주저앉아서 발을 동동 구르고 또 배를 움켜잡고 데굴데굴 구르면서 눈물을 흘리며 웃어댔다. 그 바람에 실내는 아수라장이 돼버렸다.

이런 상황이 될 것을 예상한 왕팔단은 오만상을 쓰면서 곧 울 것 같은 표정을 지었다.

원래 왕팔단이라는 것은 천하에서 가장 심한 욕이다. 예로부터 인간이 갖추고 지켜야 할 여덟 가지 덕, 즉 팔덕(八德)을 망각한 자를 '망팔'이라고 하여 사람 취급도 하지 않을 정도로 멸시했었다.

'망(忘)'은 가장 흔한 성씨인 '왕(王)'하고 발음이 같고, 거기에 '놈'이라는 뜻의 '단(蛋)'을 붙여서 '왕팔단'이라고 하여 가장 심한 욕으로 사용되고 있다.

그런데 함자방의 본명이 왕팔단이라고 하니 다들 배를 잡고 뒤집어지는 것은 당연했다.

또한 그가 자신의 이름을 떳떳하게 밝히지 못하고 남의 이름을 제 이름인 양 사용한 것이 이해되기도 했다.

어쨌거나 그가 젊은 시절에 하인으로 있었던 군림보 소보주 함자방의 이름을 도용한 것과, 대무영이 함자방을 죽인 일은 묘한 인연이 아닐 수 없다.

"그만."

대무영이 손을 젓자 모두들 간신히 웃음을 참으면서 다시 정렬했다.

대무영은 왕팔단에게 진중한 얼굴로 물었다.

"그런데 왕팔단이라는 이름은 부모님이 지어주셨나?"

"와핫핫핫핫핫!"

"으갸아~ 캬캬캬캬!"

대무영은 그저 궁금해서 물었을 뿐인데 모두들 조금 전보다 더 발광을 하며 웃어댔다.

"조장……."

왕팔단이 울상을 짓는 것을 보고 대무영은 의아한 표정을 지었다.

"부모님이 지어주신 이름이 아닌가?"

"이런 씨……."

"우학학학학! 나 죽는다!"

"큭큭큭큭! 미치겠다!"

서 있는 사람은 대무영과 왕팔단 뿐이다. 모조리 쓰러져서 웃느라 초토화가 돼버렸다.

분위기가 진정되자 대무영은 자신이 군림보를 멸문시켰으며 그것 때문에 가족들과 곧 영업을 시작하게 될 기루가 위험할 수도 있다는 설명을 해주었다.

하지만 그의 설명이 끝나고서도 오랫동안 아무도 입을 열지 않았다.

그가 혼자서 군림보를 멸문시켰다는 사실은 북설조차도 모르고 있는 내용이다. 그녀가 오룡방에 간 사이에 벌어진 일이기 때문이다.

중원은 낙양과 개봉 일대를 일컫는 말이다. 그중에서도 낙양이 개봉보다 더 크고 많은 방, 문파와 고수들이 득실거리며 수많은 소문과 괴사(怪事)들을 만들어내고 있다.

낙양에만 백칠십여 개, 낙양을 중심으로 백여 리 일대까지

합치면 무려 육백여 개의 방, 문파가 밀집하여 세력을 다투고 있다.

그들을 상중하로 구분하자면 군림보는 중에 속하며 규모 면에서 다시 대, 중, 소로 나누면 중급(中級)에 속하는 방파라고 할 수 있다.

그 많은 방, 문파 중에서도 상급이며 또한 명문대파라고 할 수 있는 곳은 이십여 개. 그리고 나름대로 명문이라 할 만한 곳은 오십여 개에 불과하다. 군림보는 그 오십여 개의 명문 중에 하나다.

여기에 있는 사람들은 군림보에 대해서 익히 알고 있다. 자신들도 언젠가는 낙양에 진출할 것이라는 포부를 지니고 있어서 두 귀를 언제나 낙양 쪽으로 활짝 열어두고 있기 때문이다.

그런데 대무영이 군림보를 단신으로 찾아가서 가족들을 구출해 내고 군림보주 이하 삼백여 명의 날고 기는 고수와 무사를 모조리 죽였다고 하니 그것을 믿어야 할지 말아야 할지 복잡한 표정이다.

군림보주 함적능은 쟁천십이류의 열 번째인 패령이고, 군림보에는 공부와 명협의 쟁쟁한 고수가 다수 있는 것으로 알려져 있다.

그런데 기껏 공부인 대무영이 군림보를 전멸시켰다는 말

은 언어도단이다.

 강호에서의 실력의 척도는 무조건 쟁천십이류로 결정된다. 그러므로 이것은 절대로 있을 수 없는 일인 것이다.

 북설도 너무 놀라서 한동안 아무 말도 하지 못했다. 하지만 그녀는 대무영의 능력을 잘 알기에 잠시 후에는 그것이 사실일 것이라고 확신했다.

 그녀는 복잡한 표정을 짓고 있는 무영단원들을 둘러보면서 보충 설명을 했다.

 "내가 깜빡 잊고 너희들에게 한 가지 말하지 않은 중요한 일이 있었어."

 그녀는 그 사실을 말하는 것이 자신에게 추호도 이득이 되지 않기 때문에 입을 다물고 있었다.

 "사실 조장은 얼마 전에 단월도군이라는 자를 죽이고 군주가 됐었어."

 "군주……."

 "세상에……."

 이들 모두에겐 명협만 해도 자신들의 현실하고는 동떨어진 아스라한 존재인데 군주라니, 턱 떨어진 개 먼 산 바라보듯이 몽롱한 표정을 지었다.

 더구나 공부로 알고 있던 대무영이 그보다 세 등급이나 높은 군주라니 눈알이 튀어나올 일이다.

"조장. 군주중패 갖고 있어?"

"어… 이거?"

북설의 요구에 대무영은 상의를 들춰서 허리띠에 차고 있는 군주중패를 보여주었다.

모두의 시선이 일제히 군주중패로 향했다. 그것이 진짜인지 가짜인지 구별하려는 듯 눈동자가 부산하게 움직이자 북설이 다시 입을 열었다.

"조장은 거짓말 못해. 그러니까 조장이 하는 말은 다 사실이야. 조장이 군림보를 전멸시켰다면 그런 거야."

군주중패를 직접 본 모두에게 군림보 전멸이 빠르게 사실로 받아들여지기 시작했다.

북설이 못을 박았다.

"조장이 옥봉검신하고 백중지세였다는 소문 들었잖아? 그런데 그깟 군림보쯤 전멸시키지 못할 거 같아?"

第三十章
치명적

대무영은 가족 대표로 아란을, 기녀 대표로 월영을 불러서 무영단원들을 소개시켰다.

유조를 제외한 무영단원들은 모두 아란을 잘 알고 있으며 또한 매우 친했었기에 오랜만에 만나는 그녀와 한동안 인사를 나누느라 분주했다.

이윽고 호위무사들이 한 명씩 나서서 자신의 이름을 밝힌 다음에 대무영이 설명했다.

"누님들, 이 호위무사들의 조직을 무영단이라 정했습니다."

"무영단? 무영이 너하고 관계가 있는 이름이야?"

북설이 대신 설명했다.

"조장 이름의 무영과 조장 별호인 단목검객에서 첫 자인 박달나무 단을 딴 거예요."

북설은 자신이 무영단원들에게 거짓말을 한 것을 대무영이 문제 삼지 않고 또 그가 모두에게 자신을 가족이라고 말해 준 것에 대해 고마움을 표하느라 나름대로 열심이다.

"두 분 누님. 이 사람이 부단주입니다."

대무영이 유조를 소개했다. 그러나 그녀가 누군지 어째서 부단주가 됐는지는 말하지 않았다.

"두 분을 뵈어요."

유조는 두 여자에게 정중히 포권지례를 했다.

아란과 월영은 묘한 시선으로 유조를 보더니 그녀의 몸 여기저기를 살폈다.

유조는 영문을 몰라 적잖이 당황했으나 오도카니 서서 가만히 있었다.

아란과 월영은 혹시 유조가 대무영의 숨겨놓은 여자일지도 모른다고 오해했다.

아름다운 용모의 유조가 불쑥 나타나서 무영단의 부단주가 됐다고 하니 자연스럽게 그런 오해가 생긴 것이다.

그녀들은 대무영에게는 해란화가 가장 잘 어울린다고 생

각하기 때문에 유조가 마뜩치 않았다.

유조의 뒤로 돌아간 아란이 그녀의 엉덩이를 쓰다듬으며 고개를 가로저었다.

"궁둥이가 작고 뾰족한 것이 아기를 낳기 힘들겠어."

월영은 유조의 풍만한 젖가슴을 흘끔거렸다.

"가슴이 짝짝이라서 사내에게 사랑받기는 글렀어."

"무… 슨 말씀을……."

유조는 자신의 몸이 낱낱이 발가벗겨지는 것 같아서 당황하여 얼굴이 빨개졌다.

"두 분 누님. 왜 그러는 겁니까?"

"잠깐 기다려."

월영은 대답 대신 부리나케 밖으로 나갔다가 반각 후에 해란화의 손을 잡고 끌듯이 다시 돌아왔다.

"여기 이 사람이 여러분의 상전인 루주예요."

월영이 보란 듯이 해란화를 모두의 앞에 내세우며 선언하듯이 말했다.

유조를 비롯한 무영단원들은 해란화를 보는 순간 눈을 휘둥그렇게 뜨고 입을 쩍 벌렸다.

여기저기 부평초처럼 떠돌아다니면서 돈벌이에 바쁜 그들이 언제 미녀를 구경이나 해봤겠는가.

더구나 해란화는 낙수천화 최고의 미녀다. 낙수천화는 천하에서도 첫손에 꼽히는 곳이므로 그녀야말로 천하의 기녀 중에서 최고의 미녀가 아니겠는가.

강호에 옥봉검신이 있다면, 홍등가에는 해란화가 있다. 두 미녀는 천하에서 미녀로서 쌍벽을 이루고 있다.

강무교는 물론이고 과묵하며 돈밖에 모르는 도무철마저도 해란화의 미모에 넋이 나간 모습이다.

여북하면 여자인 유조조차도 눈이 부신 듯 해란화에게서 시선을 떼지 못하고 있겠는가.

아름다움으로는 유조도 어디에 내놓아도 세인의 이목을 집중시키고도 남음이 있다.

해란화가 아름다움의 극치라면, 유조는 작약처럼 불꽃같은 미모를 지니고 있다.

해란화는 살짝 얼굴을 붉히며 인사를 했다.

"해란화예요. 잘 부탁해요."

"아… 해란화……."

"낙수천화 최고의 미녀가 바로……."

해란화의 미명은 강북일대, 아니, 천하를 위진시키고 있다. 비로소 그녀가 누군지 알게 된 무영단원들은 찬탄을 금치 못했다.

아란이 해란화의 팔을 잡고 대무영 옆으로 이끌고는 못을 박듯 선포했다.

"해란화는 무영의 여자니까 알아서 잘 모셔야 해."

대무영은 멋쩍은 듯 머리를 긁적였고, 해란화는 더욱 얼굴을 붉히며 살며시 그의 팔을 잡았다.

"맙소사! 조장, 횡재했군요……!"

이반이 입에서 나오는 대로 주절거렸다.

주고후는 벌린 입을 다물지 못하며 탄성을 터뜨렸다.

"하아… 일대영웅과 천하미녀가 우리들의 상전이니 이 역시 홍복이 아닐까."

대무영은 월영이 해란화를 데려온 의도를 그제야 깨달았다. 유조에게 대무영을 함부로 넘보지 말라고 따끔하게 일침을 가하려는 것이다.

월영은 장원 뒤쪽의 한 채의 전각을 무영단의 임시 거처로 사용하라고 내주었다.

대무영은 자신의 이 층 방으로 북설과 유조를 불렀다.

북설에게 할 말과 당부할 말이 있는데, 부단주인 유조도 대무영이 현재 처해 있는 상황에 대해서 알아둬야 할 게 있을 것 같아서 그녀도 부른 것이다.

철그렁!

대무영은 하나의 묵직한 주머니를 탁자에 내려놓았다.

"북설, 이걸 갖고 있어라."

북설이 주머니를 풀자 그곳에는 쟁천증패가 수북하게 담겨 있었다.

"몇 명이나 해치웠는데 이렇게 많아?"

그녀는 대무영이 여덟 명의 도전자를 상대할 것으로 알고 있는데 쟁천증패가 너무 많았다.

유조는 대충 봐도 열 개가 넘는 쟁천증패를 보고는 눈이 동그랗게 커졌다. 하지만 자신이 나설 자리가 아니라서 놀라고만 있을 뿐이다.

대무영은 탁자 앞에 앉아서 북설과 유조에게도 앉으라는 손짓을 해보이며 대꾸했다.

"일곱 명."

북설은 쟁천증패를 탁자에 다 꺼내서 일일이 늘어놓고 세어보았다.

"열세 개나 되는데?"

"군림보에서 여섯 개 생겼다."

"아……."

북설은 후선증패 여섯 개와 패령증패 두 개, 공부증패 두 개, 명협증패 세 개를 따로 공들여서 늘어놓고 대무영을 쳐다보았다.

"이걸 나더러 어떻게 하라고?"

"네가 맡아둬라."

북설은 대무영의 말뜻을 이해하고 크게 놀랐다.

"그럼… 마학사하고 거래하는 것을 전부 나한테 맡기겠다는 거야?"

"그래."

북설은 꼿꼿하게 앉아서 얼어붙은 듯, 그리고 복잡한 표정으로 대무영을 바라보았다.

대무영의 말인즉 마학사하고의 모든 거래, 즉 수입을 북설에게 맡긴다는 뜻이다.

그녀는 아무 말도 못하고 그저 가슴이 먹먹해져서 한동안 대무영을 바라보기만 했다.

대무영의 도대체 끝을 모르는 신뢰에 그녀의 꽁꽁 언 마음과 성격이 금이 가기 시작했다. 이러다가는 조만간 이십일 년 동안 쌓아온 그녀의 외곬 성격이 붕괴될 것 같은 불안한 느낌이 들었다.

몇 겹의 옷을 껴입은 사람에게서 옷을 벗기는 것은 차가운 북풍한설이 아니라 따사로운 햇빛이다.

대무영은 햇빛처럼 북설에게 끝없이 온정과 기대, 신뢰를 주고 있는 것이다.

유조는 대무영이 앉으라고 해서 앉기는 했는데 탁자에 늘어놓은 열세 개의 쟁천중패에서 시선을 떼지 못하고 여전히 눈을 휘둥그렇게 뜨고 있다.

예전에 그녀는 명협증패나 공부증패는 가뭄에 콩 나듯 두어 번 본 적이 있었지만, 그 위 등급의 쟁천증패는 한 번도 본 적이 없었다.

그런데 이렇게 많은 패령증패와 후선증패를 보게 되니 정신이 멍해졌다.

대무영이 북설에게 고개를 끄떡이자 그의 뜻을 알아차린 그녀는 유조에게 대무영과 마학사와의 거래에 대해서 자세하게 설명을 해주었다.

"당신이… 아니, 단주께서 마학사하고 쟁천증패 장사를 하고 있는 건가요?"

"그래."

유조는 정신이 하나도 없었다. 쇠망치로 호되게 얻어맞은 머리를 또다시 펄펄 끓는 뜨거운 물에 집어넣은 것 같은 몽롱한 기분이다.

대무영이 후선이나 패령 등을 아무렇지도 않게 이겨서 쟁천증패를 얻은 다음에 그것을 마학사가 팔아서 거액을 번다는 것이 아닌가.

그뿐이 아니다. 마학사가 대무영의 전신을 팔아서 도전자들을 모으고, 대무영이 그 도전자들하고 싸워서 또 쟁천증패를 챙긴다.

나쁜 말로 하자면 밑천 한 푼도 들지 않고 도둑질을 하는 무본대상(無本大商)이나 다름이 없는 일이다.

그러나 대무영의 일은 도둑질이 아니다. 목숨을 내놓고 하는 위험한 도박이다. 최소한 유조가 생각하기에는 그랬다.

"오라버니."

막내 청옥이 차를 갖고 와서 세 개의 찻잔에 고루 차를 따르고는 냉큼 대무영 무릎에 올라앉았다. 청옥은 대무영을 친오빠 이상으로 잘 따르고 있다.

대무영은 빙그레 미소 지으면서 청옥의 궁둥이를 두드려 주고는 유조에게 당부했다.

"나는 마지막 한 명을 더 처리해야 하니까 그동안 네가 이곳을 맡아다오."

"네."

유조는 대무영과 마학사의 거래에 대해서 들었으므로 공손히 대답했다.

북설이 정색으로 대무영에게 지적했다.

"부단주라고 하세요."

대무영은 어? 하는 표정으로 북설을 쳐다보았다.

"나도 공석에서는 단주로 대접해 줄게요."

북설은 그렇게 말하면서도 어색한 표정을 지었다.

"너는 무영단이 아니잖아."

북설은 조금 불퉁한 얼굴로 항변했다.

"나도 무영단원이 되고 싶어요."

"그런가?"

북설은 유조를 힐끗 보고는 요구했다.

"부단주의 지휘를 받지 않는 자리를 하나 주세요."

대무영은 어깨를 으쓱하며 벌쭉 웃었다.

"나는 아무것도 모르니까 유조, 아니, 부단주에게 물어봐."

유조는 총명한 여자다. 대무영이 쟁천십이류의 군주로서 마학사하고 거래를 한다든지, 혼자서 군림보를 멸문시킨 사실에 대해서 아직 완전히 받아들인 것은 아니지만 어느 정도 접수는 된 상태다.

"그럼 단주의 좌우호위(左右護衛) 중 하나를 맡으세요."

유조는 오룡방주의 딸이라서 방, 문파에 대해서 잘 알지만 북설은 전혀 모른다.

"좌우호위?"

"대문파에서는 좌우호법(左右護法)이라고 하며 방주나 문주의 최측근이에요."

"부단주 위인가요?"

북설은 그게 중요한 것 같았다.

유조는 대무영을 쳐다보았다.

"그건 단주께서 정하기 나름이에요."

"조장."

북설이 애원하는 표정으로 자신을 바라보자 대무영은 현명한 결정을 내렸다.
"북설과 용구를 좌우호위로 삼고 부단주하고는 같은 지위로 하자."
"조장!"
북설은 볼멘소리로 외쳤으나 대무영은 결정을 번복하지 않았다.
유조는 대무영이 가족인 북설을 무조건 편애하지 않는 것을 보고 그가 공과 사를 구별할 줄 안다고 생각했다. 그 점은 꽤 다행이었다.

새해 첫날 대무영은 가족과 해란화와 기녀들, 그리고 무영단원들과 함께 보냈다.
대무영은 한 살 더 먹어서 열아홉 살이 됐다.
화산에서 팔 년여 동안의 무술 수련을 마치고 하산하여 석 달쯤 지났는데 많은 변화가 있었다.
대부분의 강호인들은 강호에 진출하여 자리를 잡고 미미하나마 이름을 알리는데 짧게는 몇 년에서 십 년 이상이 걸리기도 한다.
그나마 그것은 운이 따라주고 또 실력이 뒷받침되어야지만 가능한 일이다.

말 그대로 강호에 희미하게나마 족적(足跡)을 남기는 것은 낙타가 바늘구멍으로 통과하는 것보다도 어려운 일이라고 할 수 있다.

 그런 강호에서 대무영은 불과 석 달여 만에 단목검객이라는 쟁쟁한 별호를 날리고 있다.

 뿐만 아니라 오로지 선택받은 사람들만이 들 수 있다는 쟁천십이류에, 그것도 명협에서 공부를 거쳐 단숨에 군주까지 치고 올라갔다.

 사실 현재 강호에 알려진 단목검객이라는 명성과 그에 따른 소문은 대무영이 알고 있는 것보다 훨씬 더 대단하다. 단지 그는 소문을 제대로 접할 기회가 없어서 실감을 하지 못하고 있을 뿐이다.

 하지만 대무영이 지난 석 달 동안 한 일 중에서 가장 보람있게 여기는 것은 가족을 얻었다는 사실이다.

*　　*　　*

 대무영은 호천장에서 두 달 가까이 머무르고 있는 중이다.

 마학사가 전신을 판 여덟 명 중에서 마지막 한 명이 아직 찾아오지 않았기 때문에 그를 기다리고 있다.

 일곱 명째를 처리한 이후 마지막 한 명을 벌써 한 달 이상

무작정 기다리고 있다.

쟁천십이류가 아닌, 그래서 더 위험할지도 모른다고 마학사가 귀띔을 해준 그자는 단목검객에게 도전하는 것을 잊었는지 감감무소식이다.

그렇다고 마지막 도전자가 아직 오지 않았는데 호천장을 떠날 수도 없는 노릇이다.

그래서 그는 호천장의 가장 큰 전각의 대전에서 거의 하루 종일 무술 수련을 하면서 시간을 보내고 있다.

현재의 그는 화산에서 하산했을 때보다 무술이 조금 더 증진된 상태다.

그의 무술은 재주를 뜻하는 술(術)의 단계를 넘어서 예술의 단계인 무예(武藝)도 뛰어넘어 바야흐로 무공(武功)의 단계에 진입했다고 할 수 있다.

만약 그가 외공기를 발출하는 수법을 익히지 못했더라면 그저 무예로써 그쳤을 것이다.

하지만 외공기로 건너치기와 뒤치기를 발휘할 수 있으며, 진검을 사용할 경우 검풍을 전개하기 때문에 무공의 경지에 도달할 수 있었다.

이런 상태로 계속 무공에 정진한다면 언젠가는 무도(武道)와 무학(武學)의 경지에도 도달할 수 있을 터이다.

그 사이에 두 가지 변화가 생겼다.

하나는 대무영이 글을 배우기 시작했다는 것이다. 그가 글을 배우게 된 것은 우연한 계기 덕분이었다.

무영단 부단주인 유조는 하루에 한 번 단주인 대무영에게 보고를 하기 위해서 호천장에 찾아온다.

아직 기루 해란화가 완공되지 않았기 때문에 그다지 보고할 일이 없는데도 그녀는 자잘한 돈의 지출이나 무영단원들의 근황, 무술 수준 따위를 두툼한 보고서로 작성하여 대무영에게 제출했었다.

그러나 까막눈인 대무영이 책자보다는 말로 보고를 하라 지시했고, 그에 유조가 글을 배우는 것이 어떠냐고 종용을 했는데, 마침 지금은 시간적인 여유가 있는 터라 대무영은 흔쾌히 그러마고 했다.

그래서 그때부터 대무영은 유조에게 하루 한 시진 정도 글을 배우고 있는 중이다.

그에게 생긴 또 하나의 변화는 낚시를 배웠다는 것이다.

호천장 뒤쪽 갈대숲이 낚시의 명당 터라서 낚시꾼들이 심심찮게 찾아오곤 했다.

그래서 그는 그중 실력이 좋은 낚시꾼 한 명에게 낚시에 대한 전반적인 것들을 배워서 직접 대나무를 다듬고 낚싯줄과 낚싯바늘을 만들고 미끼를 구해서 벌써 여러 차례 낚시를 해보았다.

 낚시 솜씨가 하루가 다르게 점점 좋아지면서 물고기 잡는 재미도 제법 쏠쏠했다.

 그러면서 이제는 낚싯대를 강물에 담갔다 하면 허탕을 치는 날은 없다.

 반나절 낚시를 하여 팔뚝보다 더 큰 잉어와 붕어, 메기 따위를 잡았다가 유조나 북설이 오면 갖고 가서 반찬이나 하라면서 주곤 했다.

 대무영의 하루 일과는 그렇게 세 가지로 구분할 수 있다. 무공 연마와 글공부, 그리고 낚시다.

 그는 낚시를 배우게 된 것이 큰 행운이라고 생각했다. 하염없이 찌를 바라보면서 마음을 비우고 보이지 않는 물고기와의 한판 승부만을 생각할 수 있게 되었다.

 더 나아가서는 현재 자신의 처지와 앞으로 나아가야 할 행로(行路)에 대해 깊이 생각하게 되고, 또는 자신이 하산한 이후에 저질렀던 몇 가지 실수에 대해서 반성하는 시간도 갖게 되었다.

 우거진 마른 갈대숲 속에 대무영이 직접 발굴하고 터를 닦은 그만의 낚시터가 있다.

 좌우와 뒤쪽이 키보다 훨씬 큰 갈대숲으로 에워싸여 있으며 전방의 한정된 공간만 트인 낚시터에 오늘도 대무영은 대나무 낚싯대 하나를 드리우고 수면에 떠있는 찌를 묵묵히 주시하고 있다.

오늘도 조과(釣果)가 좋은 편이라서 망태기에는 큼직한 물고기들이 그득했다.

대무영은 이제 슬슬 낚싯대를 거두어야겠다고 생각했다. 강 건너 들판 끝으로 붉은 노을이 지고 있었다.

바스락……

"단주."

그때 뒤쪽에서 갈댓잎 스치는 소리와 유조의 목소리가 들렸다. 그녀가 보고도 하고 글도 가르칠 겸 온 것이다.

대무영이 낚시를 하고 있을 때 그녀가 찾아온 적이 두어 번 있었다.

그럴 때는 낚시터가 글공부하는 장소로 변했다. 유조는 대무영 옆에 다소곳이 앉아서 지루하지 않게, 그리고 차분하게 글을 가르쳐 주곤 했었다.

"찌… 찌……"

대무영이 뒤돌아보려는데 그에게 다가오던 유조가 찌를 가리키며 목소리를 낮추어 급히 속삭였다.

대무영이 재빨리 쳐다보니까 수숫대로 정교하게 만든 찌가 느릿하게 위로 솟구치고 있는 중이다.

지금처럼 찌가 묵직하게, 그리고 천천히 위로 솟으면 백발백중 잉어다.

그리고 찌가 방정맞게 깔짝깔짝 들락날락하면 붕어나 잡고기고, 찌를 물속으로 힘차게 끌고 들어가면 무식하기 짝이 없는 먹보 메기나 가물치다. 그런 걸로 봐서 이건 잉어가 분명하다.

대무영은 낚싯대를 움켜잡고 기다리다가 찌가 밑동까지 솟구쳤을 때 재빨리 잡아챘다.

피잉—!

순간 낚싯대가 부러질 듯이 크게 휘면서 날카로운 파공성이 울렸다. 물고기가, 그것도 대물이 걸렸을 때 이런 현상이 벌어진다.

"물었어요!"

대무영 옆에서 낚시의 묘미를 몇 차례 맛본 유조가 손뼉을 치면서 탄성을 터뜨렸다. 이럴 때 보면 그녀는 영락없는 순진한 소녀다.

대무영은 앉은 채 미소를 지으면서 낚싯대를 잡은 팔을 높이 들어 올리고 천천히 뒤로 당겼다.

핑! 피잉—!

낚싯대가 더 휘어지고 팽팽하게 당겨진 낚싯줄에서 물방울이 튀며 노을빛에 물들어 무지개처럼 퍼졌다.

대무영은 지금까지 어린아이 크기의 잉어를 잡은 적이 있었지만 힘을 쓰는 것으로 봐서 이것은 그보다 훨씬 더 큰 대물이라고 짐작했다.

"놓치지 마요!"

유조가 옆에 다가와서 두 손을 맞잡고 응원을 했다.

대물을 걸었을 경우에는 무조건 당기기만 한다고 물고기가 끌려 나오는 것이 아니다. 그러면 십중팔구 낚싯대가 부러지고 만다.

낚싯대가 휘는 낭창낭창한 탄성을 이용하여 서서히 당겨야지만 물고기가 힘이 빠져서 끌려 나오는 법이다.

수심이 얕은 쪽으로 끌려 나오자 물고기가 요동을 치는지 물속에서 흙탕물이 부옇게 일어났다.

"다 나왔어요! 조금만 더!"

대물을 끌어내는 것은 무공하고는 상관이 없다. 세게 당기면 낚싯대가 부러지거나 낚싯줄이 터져 버린다. 중요한 것은 요령이고 기술이다. 버티는 물고기를 살살 달래서 끌어내야 하는 것이다.

구우우······.

대무영은 일어나서 낚싯대나 낚싯줄이 끊어지지 않게 하려고 노력하면서 지긋이 끌어당겼다.

이윽고 뭔가 묵직한 물체가 뿌연 흙탕물 속 그의 세 걸음 앞으로 끌려왔다.

"굉장한 놈 같아요!"

유조가 그렇게 소리치지 않아도 대무영도 그렇게 생각했다. 이런 대물을 잡다니 오늘은 운이 좋은 날이다.

팅……

그런데 바로 그때 한껏 팽팽하게 당겨졌던 낚싯줄이 끊어졌다. 그와 동시에 잔뜩 힘을 주고 있던 대무영의 몸이 뒤로 휘청했다.

촤아악!

그 순간 얕은 흙탕물 속에서 하나의 시커먼 물체가 번개같이 튀어나오는가 싶더니 무서운 속도로 대무영을 향해 쏘아왔다.

"앗!"

대무영 우측 서너 걸음 떨어져 있는 유조가 뾰족한 비명을 터뜨렸다.

뒤로 휘청거리던 대무영의 시야에 시커먼 물체가 앞으로 쭉 뻗고 있는 한 자루 빛나는 검이 들어왔다.

거리가 너무 가까웠고 대무영은 균형을 잃은 상태라서 도저히 피할 수가 없다.

그는 공격하는 것이 최선의 방어인데 이런 자세에서는 공격도 할 수가 없는 상황이다.

검첨이 찰나지간에 쏘아오더니 어떻게 해볼 사이도 없이 대무영의 심장을 찔렀다.

아니, 심장을 찌르려는 순간 그는 다급히 몸을 뒤틀었다. 본능적인 동작이다.

푹!

검이 왼쪽 가슴과 어깨 사이에 꽂혔다. 대무영은 도검불침의 몸인데 검이 꽂힌 것이다.

쨍!

대무영이 몸을 비틀고 있는 중이기 때문에 그 순간 검이 절반으로 부러졌다.

그러나 물속에서 튀어나온 시커먼 물체는 왼손으로 또 다른 검을 뽑는 것과 동시에 대무영의 정수리를 향해 맹렬하게 그어 내렸다.

그 동작이 얼마나 빠른지 마치 첫 번째 검이 부러질 것을 미리 예상하고 있었던 것 같았다.

대무영은 처음에 균형을 잃었었다가 왼쪽 가슴 윗부분에 검이 꽂히면서 더욱 중심을 잃어 피할 수 없는 것은 마찬가지 상황이다.

하지만 정신적으로는 처음 급습을 당했을 때보다 훨씬 명료해서 어떻게 해야 할지 재빨리 방법을 강구했다.

오른손에 쥐고 있는 낚싯대는 너무 길어서 코앞 머리 한 사높이 허공에서 공격을 가하고 있는 검은 물체에게는 무용지물이다.

방법은 하나 뿐. 왼손으로 반격하는 것이다.

쉬이익!

대무영은 자신의 정수리를 향해 번뜩이며 그어 내리고 있는 검을 무시한 채 왼 주먹으로 백보신권 삼초식 보리항마를 전개했다.

아슬아슬한 순간에 고개를 슬쩍 틀어서 검날이 귓가를 스치는 순간 그의 왼 주먹에서 흐릿한 물결 같은 파장이 매우 흐리게 발출됐다.

짜우—

"흑!"

귓가를 스친 예리한 검날이 대무영의 오른쪽 어깨에 쇄골과 갈비뼈를 가르면서 두 치 깊이로 박히는 소리는 그가 발출한 보리항마의 파장이 검은 물체의 앙가슴에 고스란히 적중되는 특유의 음향에 파묻혀 버렸다.

보리항마에 적중된 검은 물체가 퉁겨져서 허공으로 날아갈 때 대무영은 비로소 그 물체를 똑똑히 볼 수 있었다.

그것은 물론 사람이며 아래위 몸에 착 달라붙는 짙은 흑의를 입었다.

그러나 복면은 하지 않아서 얼굴을 볼 수 있는데, 남자이며 삼십대 중반의 나이에 움푹 꺼진 두 눈과 튀어나온 광대뼈, 그리고 매부리코에 얄팍한 입술을 지니고 있었다.

또한 그자의 코와 입에서 피가 뿜어지고 있었다. 대무영의 보리항마에 가슴을 된통 적중당했기 때문이다.

대무영은 보리항마에 적중된 흑의인이 즉사하지 않았다는 사실을 깨달았다.

보리항마는 일초식 격공금룡보다 최소한 열 배 이상 막강한 위력을 뿜어낸다.

그런데 그것을 지척에서 고스란히 적중당하고서도 흑의인은 즉사하지 않았다.

그것은 그가 최소한 대무영과 비슷하거나 그 이상의 고수일 것이라는 뜻이다.

흑의인은 처음부터 대무영을 암습하기로 작정하고 물속으로 스며들어 대어가 걸린 것처럼 유도하여 결정적인 암습을 가한 것이다.

대무영이 오른손의 낚싯대를 버리지 않은 이유는 이럴 때 사용하려는 의도였다.

그는 퉁겨 날아가고 있는 흑의인을 향해 벼락같이 낚싯대를 휘둘렀다.

패애액!

흑의인이 보리항마에 적중되자마자 낚싯대를 휘둘렀기 때

문에 도저히 피하지 못할 상황이다.

그런데도 피했다. 흑의인은 코와 입에서 피를 흘리면서도 허공중에서 마치 한 마리 영활한 뱀처럼 꿈틀거리며 몸을 비틀어 낚싯대를 아슬아슬하게 피했다. 만약 거기에 맞았다면 몸이 쪼개졌을 것이다.

그러나 대무영에겐 공격 수단이 그것만 있는 것이 아니다. 그의 왼 주먹이 번개같이 뻗어나가며 격공금룡의 건너치기를 뿜어냈다.

후웅—

흑의인은 허공 중에서 막 낚싯대를 피하고 있는 상황이라서 건너치기만큼은 피하지 못했다.

뻑!

대무영의 왼 주먹에서 뿜어진 흐릿한 권영이 여덟 보 거리의 흑의인의 복부에 정통으로 적중됐다.

대무영은 더 이상 손을 쓸 방법이 없었다. 흑의인이 강을 향해 훌훌 날아가는 것을 지켜보고 있을 뿐이다.

첨벙!

대무영이 있는 곳에서 오륙 장 거리의 강물에 흑의인은 물을 튀기며 떨어졌다.

대무영은 눈도 깜빡이지 않고 천천히 앞으로 걸어가며 흑의인이 떨어진 곳을 쏘아보았다.

유조는 창졸간에 벌어진 일이라 혼비백산한 표정이다. 흑의인이 물속에서 튀어나와 대무영을 공격하고 강물에 떨어진 것은 불과 눈 두어 번 깜빡거릴 짧은 시간이었다.

그래도 그녀는 어느새 어깨의 검을 뽑아 쥐고 있었다. 하지만 순식간에 벌어진 일이라서 대무영을 돕지는 못했다. 아니, 도울 겨를이 없었다.

흑의인이 떨어진 강의 파문이 꽤 멀리까지 퍼져 나가는데도 아무런 변화가 일어나지 않았다.

한 번 물속에 잠긴 흑의인은 마치 바닥에 가라앉은 것처럼 두 번 다시 떠오르지 않았다.

오랜 세월 동안 산에서만 생활한 대무영은 물하고는 별로 친하지 않다.

물에 빠지면 익사하지 않을 정도의 버둥거리는 헤엄 실력을 겨우 갖고 있을 뿐이다.

그렇기 때문에 직접 강물 속으로 잠수하여 흑의인을 찾아볼 수도 없는 상황이다.

촤악!

그때 물보라가 일며 뒤늦게 정신을 차린 유조가 강으로 뛰어들었다.

흑의인이 워낙 고강하긴 해도 필경 중상을 당했을 테니까 물속에서 맞닥뜨려도 승산이 있다고 판단한 것이다.

그녀는 헤엄에 능한지 물속으로 잠수하더니 한참이 지나도 나오지 않았다.

대무영은 강물 가까이에 서서 목검을 쥐고 만일의 사태에 대비했다.

유조가 흑의인을 찾아내서 물속에서 싸움이 벌어진다면 헤엄을 하지 못해도 무조건 뛰어들 생각이다.

그러나 꽤 오랜 시간이 지난 후에야 수면으로 떠오른 유조가 가쁜 숨을 몰아쉬며 외쳤다.

"하악! 하아… 감쪽같이 사라졌어요! 보이지 않아요……. 도망친 것 같아요… 하아……."

그럴 것이라고 예상은 했지만 흑의인이 사라졌다는 사실을 확인하자 대무영은 기운이 빠졌다. 장종비적(藏踪秘迹)이란 이런 경우를 두고 하는 말이다.

유조는 온몸이 흠뻑 젖은 상태에서 묶은 머리카락이 풀어져서 물을 뚝뚝 흘리며 뭍으로 걸어 나오면서 안타까운 표정을 지었다.

철벅철벅…….

그녀의 얇은 경장이 물에 젖어서 온몸에 찰싹 달라붙어 늘씬하고 풍만한 몸의 아스라한 굴곡은 물론이고 맨살이 고스란히 내비쳤다.

아기 손바닥보다 작은 젖 가리개와 하체 은밀한 부위의 속

곳이 드러났으며, 풍만한 젖가슴의 융기와 탱탱한 허벅지는 전라의 몸을 보는 것보다 더 묘한 매력을 풍겼다.

그러나 지금 대무영의 눈에는 그런 것들이 하나도 들어오지 않았다.

머릿속에는 방금 자신을 급습했던 흑의인에 대한 생각이 가득했고, 가슴과 어깨에 중상을 입어서 서 있는 것조차 힘겨운 상황이다.

그제야 대무영의 상처를 발견한 유조는 그 자리에 뚝 멈추고 얼굴이 하얗게 질려 버렸다.

"단주……."

대무영의 왼쪽 가슴에는 부러진 검이 꽂혔고 오른쪽 어깨를 파고든 검이 그대로 박혀 있었다.

"음……."

대무영은 약간 비틀거렸다.

"단주!"

놀란 유조는 나는 듯이 달려가서 와락 안듯이 대무영을 부축했다.

그 바람에 나신이나 다름이 없는 몸이 대무영의 몸 앞부분과 밀착되었다. 하지만 두 사람은 그런 것을 전혀 느끼지 못했다.

대무영은 가만히 유조를 밀어내고서 강 쪽을 날카롭게 살피며 중얼거렸다.

"아직 그놈이 있을지 모르는데 내가 약한 모습을 보이면 공격해 올 것이다."

"아······."

유조는 대무영이 이런 상황에서도 냉정하게 대처하고 있음을 깨달았다.

"별일 아닌 것처럼 집으로 돌아가자."

"네."

대무영이 묵묵히 낚싯대와 고기망태기를 챙겨서 돌아서서 걸어가자 그녀는 그의 뒤에서 바싹 가깝게 뒤따랐다.

갈대숲 사이의 오솔길이 너무 좁아서 두 사람이 나란히 걸을 수는 없다.

오솔길은 울퉁불퉁해서 대무영이 걷는 것이 좀 불안했다. 금방에라도 발을 헛디더서 쓰러질 것처럼 보였다.

유조는 언제라도 손을 뻗어서 그를 부축할 수 있는 만반의 태세를 갖추고 따랐다.

대무영은 가슴과 어깨의 검을 아직 뽑지 않았다. 검을 뽑으면 피가 뿜어지기 때문이다. 검이 지혈 작용을 하고 있지만 장원에 도착하면 뽑아야 한다.

뒤따르는 유조의 눈에는 대무영의 그런 모습이 너무 참혹하게 보였다.

그의 오른쪽 등으로 뾰족한 검첨이 손가락 두 마디 정도 삐져나왔으며, 어깨에 박힌 검은 그가 걸을 때마다 심하게 덜렁거렸다.

그때 강둑 가파른 오르막을 오르던 대무영이 급기야 크게 비틀거리더니 몸이 뒤로 기우뚱했다.

유조는 급히 두 팔을 뻗어 그의 허리를 안았다. 묵직한 그의 체중이 그녀의 가슴과 두 팔, 온몸으로 전해졌다.

그녀는 혹시 보고 있을지 모르는 흑의인이 눈치채지 못하도록 최대한 조심하면서 대무영의 몸을 천천히 밀어 올려 언덕을 올랐다.

사실 대무영은 이미 걸을 힘조차 없는 상태다. 그의 두 발은 허공에 떴으며 유조가 두 팔로 그의 허리를 끌어안아 걷고 있어서 멀리에서 보면 그가 걷는 것처럼 보일 터이다.

第三十一章
쟁천소매(爭天掃埋)

대무영은 강물 속에서 튀어나와 자신을 급습한 자가 여덟 번째 마지막 도전자일 것이라고 확신했다.

그렇게 본다면 쟁천십이류가 아닌 도전자가 위험할 것이라는 마학사의 경고가 들어맞았다.

흑의인은 대무영이 지금까지 상대한 사람들 중에서 주도현이나 주지화만큼이나 고강했다.

대무영은 유조의 도움으로 장원 자신의 거처까지 무사히 돌아올 때까지도 줄곧 흑의인에 대한 생각만 했다.

그리고 자신의 침상에 누워서 유조가 치료를 시작하려고

할 때 기어코 정신을 잃고 혼절하고 말았다.

심장 바로 위 가슴을 관통한 상처도 심하지만, 검이 오른쪽 어깨의 쇄골과 갈빗대 한 개까지 자른 상처가 정말 치명적이었다.

그 상처로 인해서 폐의 윗부분이 손상됐으며 두 개의 검을 뽑자 피가 분수처럼 뿜어졌다.

유조는 여자로서 의술을 배워야 한다는 부친의 권유로 반년 남짓 의방에서 공부한 적이 있었다.

그렇다고 의원만큼의 실력이 아니라 기초적인 의술을 알고 있는 정도다.

그녀는 대무영의 몸에서 검을 하나씩 차례로 뽑고 지혈을 했으나 워낙 거세게 다량의 피가 뿜어지는 바람에 지혈을 마쳤을 때에는 이미 많은 피를 흘린 후였다.

게다가 그녀가 할 수 있는 일은 깨끗한 천을 찾아서 상처를 동여매 주고 대무영의 명문혈(命門穴)에 부드러운 진기를 주입시켜 주는 정도에 불과했다.

이곳에는 상처를 치료할 도구나 약재 따위가 전혀 없기 때문이다.

그렇다고 중상을 입고 혼절한 대무영을 혼자 놔두고 치료에 필요한 것들을 구하러 나갈 수는 없는 노릇이다.

걱정은 그것뿐만이 아니다. 대무영을 이 지경으로 만든 흑의인이나 혹시 있을지도 모르는 그의 조력자들이 느닷없이 이곳에 들이닥칠 수도 있다.

만에 하나 그런 일이 벌어진다면 유조 혼자 능력으로는 버텨낼 수 없다.

결과는 불을 보듯이 뻔하다. 자신과 대무영 둘 다 죽음을 맞이하게 될 터이다.

유조는 대무영을 안고 다른 장소로 옮겼다.

처음에는 이곳저곳 안전한 장소를 찾아다니다가 우연히 지하에 석실이 있다는 것을 발견하고 그곳으로 대무영을 안고 내려갔다.

하지만 일 층에서 지하로 내려가는 입구를 발견하기가 쉽고, 만약 지하석실에 있다가 공격을 받으면 꼼짝없이 독안에 갇힌 쥐 신세가 되고 말 것 같았다.

그녀는 가장 안전할 것 같은 장소를 찾기 위해서 이 방 저 방 부지런히 돌아다녔다.

그러나 전각 밖으로는 나가지 않았다. 어디선가 어둠 속에서 흑의인이 지켜보고 있을 수도 있기 때문이다.

십여 곳을 기웃거리던 그녀는 결국 이 층 중간쯤에 위치한 평범한 방에서 하룻밤을 나기로 결정했다.

가장 평범한 장소가 가장 눈에 띄지 않고 또 방어하기 좋다는 이치를 반 시진 동안 헤맨 끝에 깨닫게 되었다.

유조는 혼절한 대무영을 침상에 눕혀놓고 자신은 검을 뽑아 가슴에 안은 채 침상에 걸터앉았다. 뜬눈으로 밤을 지새우며 그를 호위할 각오다.

지금으로썬 여러 가지 상황을 예상할 수 있다. 대무영의 공격을 받은 흑의인이 강물에 빠져서 죽었거나 중상을 입은 채 도주했을 수도 있다. 그것은 유조가 가장 바라고 있는 일이기도 하다.

흑의인이 죽지 않았고 도주하지도 않았다면, 그래서 중상을 입은 몸으로 대무영을 죽이려고 이 장원에 침입한다면, 최선은 그에게 발각되지 않는 것이다.

그리고 차선은 발각되더라도 그가 중상을 입은 몸이기 때문에 어쩌면 유조로서도 격퇴시킬 수 있을지 모른다는 가능성이 있다는 것이다.

그러나 만약 흑의인이 중상을 입고서도 유조 정도는 쉽게 죽일 수 있다면 대무영이 죽는 것은 시간문제다.

거기까지 생각한 유조는 즉시 귀식대법(龜式大法)을 전개하여 호흡을 멈추었다.

고수들은 귀식대법으로 심장박동이나 맥박, 심지어 몸속의 피의 흐름까지도 최소한으로 갈무리할 수 있다지만 유조는 호흡을 멈추는 것 정도가 전부다.

이어서 대무영의 코에 귀를 대어보았다. 숨소리가 미약해서 귀를 가까이 댔는데도 거의 들리지 않았다. 흑의인에게 발각되는 것을 떠나서 대무영의 상태가 위중해진 것은 아닌가 하여 그녀는 더럭 겁이 났다.

 혹시 깜빡 잠이라도 들지 않을까 염려했었으나 그것은 유조의 기우였다.
 시간이 지날수록 그녀는 정신이 또렷해졌으며 사위가 쥐 죽은 듯이 고요하니까 마음은 점점 더 초조해졌다.
 그녀는 청각을 최고조로 돋우고 문과 창을 번갈아 쳐다보기를 반복했다.
 시간은 대충 인시(새벽 4시경)쯤 된 것 같았다. 앞으로 한 시진 반 정도만 버티면 동이 틀 것이다.
 그러면 어쨌든 밤보다는 나을 테니까 무슨 방법이 생길 것이라고 스스로 위안했다.
 무엇보다도 대무영이 걱정됐다. 혼절한 이후 그는 미동조차 하지 않고 있으며 숨소리는 점점 더 미약해지고 있다. 상태가 악화되고 있는 것이 분명했다.
 유조는 대무영을 돌아보았다. 제대로 씻기지도 못해서 상체가 온통 피투성이인 채로 눈을 꼭 감고 있는 모습이 너무도 안쓰러웠다.

'혹시…….'

유조는 혹시 대무영이 죽은 게 아닐까 하는 생각에 그의 얼굴로 상체를 기울이며 숨소리를 들으려고 했다.

퍽!

그 순간 뒤쪽에서 느닷없이 둔탁한 음향이 터지자 그녀는 창이 박살 나는 소리라 여기고 소스라치게 놀라 다급히 뒤돌아보았다.

"앗!"

그녀의 시야에 가득 들어온 것은 창이 박살 나는 것과 동시에 하나의 시커먼 인영이 검을 번뜩이면서 덮쳐오고 있는 광경이다.

그녀가 잠깐 대무영을 돌아보고 있는 사이에 우려하던 암습이 벌어진 것이다.

시커먼 인영, 즉 흑의인은 아까 석양 무렵에 대무영을 급습했던 그자가 분명했다.

대무영에게 당해서 필경 중상을 입었을 텐데도 멀쩡한 모습으로 재차 암습을 하다니 대단한 고수가 분명하다.

그자는 창과 침상 사이의 이 장 정도 거리 허공을 단숨에 쏘아오면서 곧장 검을 찔러왔다.

검첨이 향하고 있는 방향은 유조의 왼쪽을 스쳐 지나 대무영의 목 부위다. 목을 찌르려는 것이 분명했다.

너무도 창졸간의 일이라 유조로서는 대경실색하는 것뿐 아무런 대처방법도 없다. 때마침 뒤돌아보고 있을 때 암습을 하다니, 아니, 흑의인은 그녀가 딴짓하기를 기다리고 있다가 암습했을 것이다.

사실 그녀가 딴짓을 하지 않고 창을 똑바로 주시하며 대비를 하고 있었다고 해도 흑의인의 암습을 막을 방법은 없었을 것이다.

지금 흑의인이 전개하고 있는 공격으로 미루어 보건데 유조가 가로막았다면 그 즉시 몸에 구멍이 뚫렸을 것이다. 그녀는 단지 대무영을 죽이려는 흑의인에겐 허수아비 같은 존재일 뿐이다.

찰나지간에 흑의인이 뻗은 검이 유조의 옆구리에서 반 뼘 거리를 스쳐 지나고 있었다.

이제 대무영이 흑의인의 검에 죽는 것은 너무도 당연한 일이라는 생각이 들었다.

그리고 그것은 순전 유조 자신의 태만이나 잘못이라는 절망감이 엄습했다.

챙!

그런데 유조의 왼쪽 옆구리 부근에서 날카로운 쇳소리가 터졌다.

쉭!

대무영은 줄곧 오른손에 목검을 움켜쥐고 있었다. 그는 혼절하지도 않았으며 흑의인이 재차 암습해 오기를 끈질기게 기다리고 있었던 것이다.

또한 그는 흑의인이 먼저 자신을 죽이려고 할 것이며 유조가 방해될 때에만 그녀를 죽일 것이라고 추측했었다.

그는 흑의인의 검이 자신의 목 한 차 거리에 이르렀을 때 목검으로 검을 쳐내는 것과 동시에 그의 정수리를 번개같이 공격했다.

대무영이 반격을 할 것이라고는 추호도 예상하지 못했던 흑의인은 움찔 놀랐다.

하지만 그는 과연 만만하지 않았다. 거의 본능적으로 머리를 비틀어 목검이 정수리에 적중되는 것을 피했다.

딱!

"큭!"

그러나 목검이 왼쪽 어깨를 무지막지한 위력으로 내려치는 것까지는 피하지 못했다. 그 일격으로 흑의인은 최소한 쇄골이 부러졌을 것이다.

탁!

목검에 일격을 맞았으면서도 흑의인은 손을 뻗어 유조의 어깨를 움켜잡는 것과 동시에 발끝으로 침상을 힘껏 걷어차면서 창 쪽으로 날아갔다.

그 순간 유조가 놓친 검을 재빨리 집어든 대무영이 창으로 몸을 날렸다.

흑의인은 대무영을 향한 자세에서 뒤로 날아가며 유조를 완벽하게 방패막이로 사용했다.

"고개 숙여!"

대무영은 소리치면서 검으로 유운검법 삼초식 구궁섬광을 전개했다.

쉐엥!

그가 검법을 전개하면서 검을 뻗자 기이한 음향과 함께 검첨에서 맹렬한 소용돌이 같은 무형의 검풍이 뿜어졌다.

이곳 장원에서 기거하며 그는 백보신권의 건너치기와 뒤치기, 그리고 검풍을 집중적으로 수련했었다. 그 결과 여러 초식 중에서도 유운검법의 구궁섬광이 가장 빠르고 정확하다는 사실을 알게 되었다.

유조는 대무영이 소리치는 것과 동시에 반사적으로 다급히 고개를 숙였다.

퍽!

그 순간 그녀의 숙인 머리 위에서 둔탁한 음향이 터졌다. 흑의인의 얼굴 왼쪽이 소용돌이치는 검풍에 의해 뭉텅 떨어져 나가는 소리였다.

쿵! 퍽!

흑의인은 창틀에 등을 부딪치고 유조를 안은 채 바닥으로 떨어졌다.

"아……."

놀라서 창백한 안색의 유조는 흑의인의 몸에 짓눌렸다가 엉금엉금 기어서 빠져나왔다.

"다친 데는 없느냐?"

"네……."

대무영이 안아서 일으켜 주자 그녀는 정신이 나간 얼굴로 건성으로 대답했다.

대무영은 엎어져 있는 흑의인의 몸을 발로 젖혔다.

한쪽 눈과 뺨, 귀가 사라진 흑의인이 떨어져 나간 얼굴 부위에서 피와 뇌수를 쏟고 하나 뿐인 눈을 껌뻑거리면서 마지막 숨을 몰아쉬고 있었다.

"단목검객… 우리 예상보다 더 강하구나……."

대무영은 눈살을 찌푸리며 그를 굽어보았다.

"우리가 누구냐?"

대무영은 흑의인이 분명히 여덟 번째 마지막 도전자일 것이라고 짐작했었다.

그런데 그는 '나'라고 하지 않고 '우리'라고 했다. 그래서 거기에 뭔가 있을 것이라고 직감했다.

흑의인은 죽어가면서도 득의한 미소를 머금었다.

"흐흐… 단목검객… 결국 너는 죽을 것이다……. 우리 소매곡(掃埋谷)에 의해서……."

"소매곡이 뭐냐?"

"흐으… 흐흐……."

흑의인은 눈이 초점을 잃고 얼굴이 허옇게 변해가면서도 득의한 미소를 잃지 않았다.

"흐흐… 우리 목적은 쟁천소매(爭天掃埋)……. 강호의 쟁천 십이류는… 우리 손에 다… 죽을 것이다……."

"그게 무슨 소리냐?"

대무영이 물었으나 흑의인은 이미 숨이 끊어졌기에 대답하지 못했다.

대무영은 뒤에 서 있는 유조를 돌아보았다.

"이자가 한 말이 무슨 뜻인지 너는 알겠느냐?"

"그러니까……."

죽다 살아난 유조는 아직 정신이 멍한 상태라서 조금 전에 흑의인이 했던 말의 여운이 귓전에 남아 있는 것을 되살려서 이해해 보았다.

"이자의 말인즉 자신은 소매곡이라는 곳에 속해 있으며 소매곡의 목적은 강호의 쟁천십이류들을 모두 죽이는 것이라고 하는 것 같아요."

대무영은 어이없는 표정을 지었다.

"소매곡이 강호의 쟁천십이류를 모두 죽인다고?"

"에엣?"

유조는 자신이 설명해 놓고도 대무영이 말하는 것을 듣고는 뒤늦게 그 뜻이 이해되어 소스라치게 놀랐다.

일단 대무영은 죽은 흑의인의 품속을 뒤져보았다. 그러자 다섯 개의 쟁천증패가 무더기로 나왔다.

그런데 자세히 살펴보니까 세 개는 명협증패고 한 개는 공부증패인데 나머지 하나는 쟁천증패가 아니었다.

그것은 쟁천증패보다 훨씬 작고 세모꼴로 얇았으며 쇠로 만들었는데 새빨간 색에 가운데에는 세로로 소매십팔혼(掃埋十八魂)이라고 툭 튀어나오게 양각되어 있었다.

"…십팔혼… 앞에 자는 뭐냐?"

"소매십팔혼이라고 적혀 있군요."

아직 어려운 글자를 배우지 못한 대무영이 묻자 유조가 가까이 들여다보고 대답했다.

대무영은 흑의인, 즉 소매십팔혼의 시체를 장원 뒷담 밖 강가에 묻고 장원 전체를 한 바퀴 샅샅이 살펴본 후에 방으로 돌아왔다.

그동안 유조는 혼자 방을 지키면서 조금 전에 일어났던 일 때문에 극도로 혼란해진 머리를 정리하고 있었다.

전혀 예상하지 않은 상황에 돌연 소매십팔혼이 암습한 것은 지금 생각해도 간담이 서늘했다.

하지만 그보다 더 소름끼치는 일이 있었다. 그녀가 소매십팔혼에게 방패막이가 되어 끌려갈 때 대무영이 공격을 하여 그의 머리를 날려 버린 일이다.

만약 그 당시에 유조가 제때 고개를 숙이지 않았으면 머리 반쪽이 떨어져 나가는 것은 그녀였을 것이다.

그 일은 지금 생각해도 아찔하고 온몸에 소름이 돋았다. 그때 그녀는 제정신이 아니었다. 도대체 무슨 정신으로 고개를 숙였는지 모를 일이다.

만에 하나 그 절박한 순간에 그녀가 고개를 숙이지 않았다면… 그래도 대무영은 공격을 감행했을까? 하는 것이 그녀의 의문이었다.

대무영의 여덟 번째 도전자가 소매십팔혼인지 아닌지도 알 수 없는 일이다.

게다가 강호에 소매곡이라는 집단이 있으며 그들의 목적이 강호의 모든 쟁천십이류를 말살하는 것이라는 사실은 더욱 충격적이다.

하지만 아무리 그래도 유조에게 가장 중요한 일은 과연 그때 자신이 고개를 숙이지 않았으면 그래도 대무영이 공격을 했을까 하는 것이다.

대무영이 뭔가 골똘히 생각에 잠긴 모습으로 방에 돌아왔을 때까지도 그녀는 그 생각만 하고 있었다.

"아까 말이에요."

"응?"

"단주께선 제가 고개를 숙이지 않았어도 그자를 공격하셨을 건가요?"

그녀는 말을 에두르지 않고 단도직입적으로 물었다. 그런 것 역시 그녀의 깔끔한 성격이다.

대무영은 그녀가 무슨 말을 하는 것인지 잠시 생각하다가 빙그레 미소를 지었다.

"너… 부단주가 고개를 숙였잖아. 그래서 그자의 얼굴이 떨어져 나간 것이고."

"아니, 제 말은 그 순간 제가 고개를 숙이지 않았어도 단주께서 공격을 했겠느냐는 거예요."

"고개 숙였잖아. 그럼 된 거지."

대무영은 두루뭉술하게 넘어가려고 했다. 하지만 유조는 이런 점에서는 제법 깐깐한 성격이다. 짚어야 할 것은 반드시 짚어야 직성이 풀린다.

그녀는 어질러진 방을 치우려고 하는 대무영의 팔을 붙잡고 그 앞에 똑바로 서서 정색을 했다.

"분명히 말씀해 주세요."

그때 유조는 대무영이 곤란해하는 표정을 보고 대답을 들은 것 같아서 마음이 편치 않아졌다. 하지만 그렇다고 물러서고 싶지는 않았다.

"만약 북설 좌호위가 그 상황에 처했어도 단주께선 공격을 하셨을 건가요? 아니면 해월화라는 그 기녀였다고 해도 그랬겠어요?"

대무영은 미간을 좁히고 아무 말도 하지 않았다. 유조도 더 이상 그를 몰아붙이지 않고 대답을 기다렸다.

잠시 후에 대무영은 유조로서는 전혀 예상하지 않았던 행동을 했다.

그는 한 걸음 뒤로 물러나더니 그녀를 향해 깊숙이 허리를 굽혔다.

"잘못했다. 용서해다오."

"……."

유조는 큰 충격을 받았다. 그녀는 설마 대무영이 이처럼 솔직하게 자신의 잘못을 인정하고 또 정중하게 사과를, 아니, 사죄를 할 줄을 조금도 예상하지 못했었다.

"해라화나 북설이라면 나는 절대로 공격하지 못했을 것이다. 그녀들에게 고개를 숙이라는 요구도 하지 못했을 것이다. 부단주니까 그럴 수 있었다."

그는 허리를 굽힌 채 무거운 목소리로 말했다. 유조는 그가 지나칠 정도로 솔직하다는 생각이 들었다. 너무 솔직해서 그 말의 내용이 슬픈데도 마음이 놓였다.
"그 점은 진심으로 잘못했다. 앞으로는 부단주 역시 내 살과 피처럼 여기겠다."
"저는……."
그의 말은 곧 유조를 해란화와 북설처럼 가족으로 여기겠다는 뜻이다.
그래서 그녀는 그가 조금 전에 무슨 잘못을 했든지 하나도 기억나지 않고 도리어 가족으로 여긴다는 말에 기쁨이 넘쳐 흘렀다.
"고개를 드세요."
"용서해 주면 그러겠다."
"용서할게요. 어떻게 단주를 용서하지 않겠어요."
대무영이 고개를 들었을 때 유조는 어느새 비 오듯이 눈물을 흘리고 있었다.
이 사내의 지나친 솔직함과 사랑스러운 순박함이 그녀를 울게 만들었다.
"저도… 당신의 가족이 된 건가요?"
대무영은 고개를 끄떡였다.
"부단주도 나를 가족으로 받아준다면……."
"물론 받아들이겠어요."

"그럼 가족이 된 거지."

그녀에겐 화음현의 수많은 사람이 부러워하는 쟁쟁한 가문의 가족들이 있다.

그런데도 왜 대무영의 가족이 된 것이 이리도 기쁜지 모를 일이다. 마치 세상을 다 가진 것 같았다.

대무영이 진지한 표정으로 한 가지 지적을 했다.

"해란화는 이제 기녀가 아니다. 새로 열게 되는 기루의 루주다. 그걸 잊지 마라."

"알겠어요."

"한 가지씩 정리해 보죠."

두 사람은 침상에 나란히 걸터앉아 소매십팔혼이 바닥에 쏟아놓은 피와 뇌수를 굽어보고 있다.

유조가 말을 이었다.

"소매십팔혼이 단주께서 대결해야 할 여덟 명 중에서 마지막 도전자… 맞겠죠?"

대무영은 자신 없는 얼굴로 고개를 끄떡였다.

"그런 것 같아."

"그자는 이미 오래전에 이곳에 도착하여 단주를 예의 주시하고 있었던 것 같아요. 그러다가 단주가 낚시를 할 때 암습하는 것이 가장 적절할 것이라는 판단을 내렸겠지요."

뜻밖에도 유조는 사리판단이 정확하고 복잡한 일을 하나씩 껍질을 벗기듯이 추리하는 뛰어난 능력이 있었다. 그런 것들은 대무영에겐 무리한 능력이다.

"저는 강호에 소매곡이라는 집단이 있다는 사실을 전혀 알지 못했어요."

유조는 긴장한 표정을 지으며 말을 이었다.

"소매곡의 목적이 쟁천소매라니… 강호에 쟁천십이류가 얼마나 많은데 그들을 다 죽이겠다는 것인지 모르겠군요. 도대체 무슨 이유일까요?"

"소매가 뭐냐?"

"쓸어서 묻어버린다는 뜻이에요."

"그러니까 소매곡이 강호의 쟁천십이류들을 쓸어서 묻어버린다는 건가?"

"그렇죠."

대무영은 진지한 표정을 지었다.

"그렇다면 소매곡은 작은 집단이 아닐 것이다."

"강호에는 쟁천십이류가 어림잡아서 삼천 명 가까이 될 거예요. 그들을 다 죽이려는 목적을 갖고 있다면 소매곡은 대단한 세력을 갖고 있어야겠죠."

유조는 고개를 갸웃거렸다.

"소매곡이 어째서 쟁천십이류를 없애려는 걸까요?"

"그런 것은 알 바 아니다."

대무영이 다소 무식하게 대꾸했으나 유조는 그의 말이 맞다고 생각했다.

그녀는 이제 막 강호에 입문하려는 신출내기이며 또한 무영단의 부단주로서 강호 전반에 걸친 일을 걱정할 입장이 아닌 것이다.

대무영은 미간을 좁히며 무겁게 중얼거렸다.

"나는 나와 가족, 그리고 무영단만 생각한다. 소매곡이 강호에 무슨 짓을 하든 상관없다. 하지만 나와 내 가족, 무영단을 건드리는 것은 용서할 수 없다."

말인즉, 수신제가치국평천하(修身齊家治國平天下). 집을 지킨 후에 천하를 평정하겠다는 뜻이다.

"소매십팔혼이 나를 한 달 넘게 지켜봤다는 것은 소매곡이 나에 대해서 잘 알고 있다는 뜻이다."

대무영의 마음은 무거웠다. 많은 도전자가 자신을 노리고 있으며, 군림보를 멸문시킨 것이 단목검객이라는 사실이 세상에 드러나면 어떤 보복이나 여파가 밀려들지 상상도 할 수 없는 일이다.

그런데다 듣지도 못한 소매곡까지 나서서 그를 죽이려 한다면 가족들과 무영단이 위험해지기 때문에 마음이 무거울 수밖에 없다.

그때 유조는 대무영의 오른쪽 어깨와 왼쪽 가슴을 동여맨 천에서 핏물이 붉게 배어나오는 것을 발견하고 깜짝 놀랐다. 부상을 입은 상태에서 소매십팔혼과 또다시 싸우느라 상처가 터진 것이다.

"안 되겠어요. 치료를 다시 해야겠어요. 누우세요."

유조는 반듯하게 누운 대무영을 치료하면서 조용한 목소리로 물었다.

"아까 치료할 때 혼절하지 않았어요?"

"혼절한 척 했지."

유조는 그를 곱게 흘겼다.

"그럼 저한테 귀띔이라도 해주셨어야죠."

"만약 너를 속이지 못한다면 어떻게 그놈을 속일 수 있었겠느냐?"

그의 말이 옳다. 그가 혼절한 것이 아니라면 유조는 어떤 식으로라도 티가 났을 것이고 소매십팔혼은 쉽사리 걸려들지 않았을 것이다.

그렇더라도 그렇게 오랜 시간 동안 혼절한 척 꼼짝도 하지 않고 있었다니 그 인내심과 끈기는 대단했다.

유조는 대무영을 곱게 흘겼다.

"제가 단주를 업고 반 시진 넘게 숨을 곳을 찾아 이리저리 돌아다녔는데도 어쩌면 꼼짝도 하지 않고 가만히 업혀 있을 수 있었죠?"
"네 등이 따뜻하더구나."
탁!
유조는 부끄러워서 주먹을 쥐고 대무영의 가슴을 때렸다.
"몰라요."

소매십팔혼이 이곳에 혼자 왔는지 조력자들과 함께 왔는지는 알 수가 없다.
하지만 소매십팔혼이 죽은 지 한 시진이 지나도록 조용한 것을 보면 조력자는 없는 듯했다.
동이 터올 무렵까지 이것저것 곰곰이 생각에 몰두하던 대무영은 일어나 앉아 진지한 표정으로 유조에게 말했다.
"너에게 할 말이 있다."
유조는 이상한 긴장감이 엄습하는 것을 느꼈다. 그리고 그녀의 예감은 적중했다.
"나는 떠나기로 결심했다."
"……"
그녀는 너무 놀라서 아무 말도 할 수가 없었다.
"이곳의 일은 모두 너에게 모두 맡기고 싶은데 그래줄 수 있겠느냐?"
유조는 가늘게 몸을 떨면서 그를 바라보았다. 그녀는 자신이 평소에 몸도 정신력도 매우 강하다고 자신했었는데 대무영 앞에서는 걸핏하면 눈물이 났다.
"부단주."
유조는 두 주먹을 쥐고 울면서 낮게 외쳤다.
"그렇게 부르는 건 싫어요. 가족이라면 이름을 불러주세요."
"조야."
"네, 무영가."
대무영은 어색한 표정을 지었다.
"너 몇 살인데 나를 오빠라고 부르는 거냐?"
유조는 눈물이 뚝뚝 떨어지는 젖은 눈으로 그를 하얗게 흘겨주었다.
"새해가 돼서 열아홉 살이 됐어요. 그런데 지금 그게 중요한 문제인가요? 동갑이라도 제가 오빠라고 부르고 싶으면 그럴 수 있는 거예요."
"아… 알았다."
유조에게는 막내다운 막무가내 성격이 있었다.
대무영의 표정이 더욱 진지해졌다.
"조야. 너에게 가족들과 무영단을 맡기고 떠나도 되겠느냐?"
유조는 대무영이 왜 가족 곁을 떠나려고 하는지 이유를 짐작할 수 있을 것 같았다.

그가 떠나면 가족과 무영단이 위험으로부터 안전해질 것이기에 그러는 것이다. 그러나 유조는 그것만으로는 그를 보내고 싶지 않았다.

"무영가께서 이곳에 남아서 다른 방법을 강구할 수도 있잖아요? 우리 함께 생각해 봐요. 네?"

"조야. 가족을 보호하는 것 말고도 내겐 포부가 있다."

대무영은 유조를 설득하기 위해서 자신이 살아온 과정과 얼굴도 모르는 아버지를 찾으려면 강호에 이름을 날려야 한다는 것. 그리고 자신의 개인적인 야망이 쟁천십이류의 최고 등급인 천무가 되는 것이라는 사실들을 설명해 주었다.

그런 사실들을 전혀 모르고 있었던 유조는 놀라서 눈을 동그랗게 떴다.

대무영이 그토록 가난하고 비참하게 살았다는 것, 유일한 피붙이인 친부를 찾기 위해서, 그리고 강호인으로서 천무가 되고 싶다는 개인적인 야망까지 어느 것 하나 충격적이지 않은 것이 없었다.

그가 떠나려는 이유는 위험에 처한 가족과 무영단을 위해서만이 아니었다.

그의 모든 얘기를 다 듣고 난 유조는 더 이상 그를 붙잡을 수가 없다는 것을 알았다.

그녀는 앞뒤가 꽉 막혀서 자기 고집만 내세우는 사람이 아니기 때문이다. 설사 그녀가 대무영이라고 해도 떠날 수밖에 없는 상황인 것이다.

"소녀는……."

잠시의 침묵이 흐른 후에 유조가 착 가라앉은 목소리로 말문을 열었다.

"두 가지 이유 때문에 무영가에게 왔어요."

대무영은 눈으로 그게 무엇이냐고 물었다.

"소녀의 목숨을 구해준 은혜를 갚기 위해서, 그리고 무영가와 함께 강호에서 이름을 날리기 위해서예요."

그녀는 시무룩한 표정을 지었다.

"하지만 이제는 둘 다 이룰 수 없게 되었어요."

대무영은 담담한 미소를 지었다.

"나는 뭘 바라고 너의 목숨을 구해준 것이 아니다. 그런데도 네가 꼭 은혜를 갚아야겠다고 생각한다면 가족과 무영단을 잘 보살피는 것으로 충분하다."

유조는 입술을 삐죽거렸다.

"소녀도 가족이라면서요? 그렇다면 가족이 가족을 보살피는 것은 당연한 일이죠."

"그런가?"

"더구나 소녀의 무술이라는 것은 너무나 하잘 것 없어서 강호에 명패조차 내밀지 못해요. 그러니까 무영가와 함께 강호를 주유하는 것은 요원한 꿈일 뿐이에요."

유조는 분하고 자존심이 상해서 눈물이 솟구쳤다. 강호의 벽이 높을 것이라고 예상은 했었지만 자신이 이 정도로 초라한 존재일 줄은 미처 몰랐었다.

오룡방에서는 그래도 다섯 손가락 안에 꼽힐 정도로 쟁쟁한 실력자였었다.

뿐인가, 화음현에 나가면 모든 사람이 그녀를 오룡방의 소방주라 알아보고 설설 기었다.

그런데 이곳에서는 그녀가 누군지 알아주는 사람은 무영단 사람들뿐이다.

길가는 사람을 붙잡고 물어봐도 그녀의 이름은커녕 오룡방조차도 들어본 적이 없다고 대답할 것이다. 화음현에서는 몇 손가락 안에 꼽히는 오룡방을 말이다.

아까 대무영과·소매십팔혼이 싸우는 것을 보니까 그녀의 눈에는 마치 신들의 싸움처럼 비쳤다.

그녀 같은 것은 끼어들 틈조차 없었을 뿐더러 끼어들었다가는 두 사람이 싸우는 여파에 휘말려서 즉사하고 말 것만 같았다. 그녀는 그렇게 형편없는 존재였다.

그런데 이제 대무영마저 떠나려고 하는 것이다. 그가 가버리면 그녀는 오룡방으로 돌아갈 수도 없고, 그렇다고 가족과

무영단만 지키고 있자니 그러기에는 그녀가 품은 포부가 너무도 크다.

누굴 원망할 수도 없는 일이다. 그녀 자신의 무술이 너무도 보잘 것 없는 것을 누굴 원망한다는 말인가.

"휴우… 무술이 고강해질 수만 있다면……."

그녀는 기운이 빠져서 한숨을 내쉬며 중얼거렸다.

"무영가의 반만 되도 더 이상 원이 없겠어요. 아니, 반의반만이라도……."

대무영은 물끄러미 유조를 바라보았다. 그녀를 도와주고 싶지만 도울 방법이 없다.

무술이라는 것이 무슨 물건 같아서 건네줄 수 있는 것이 아니기 때문이다.

"무영가는 어디에서 누구에게 무술을 배웠기에 그리도 고강한가요?"

"나?"

"네. 틀림없이 대문파의 장문인이나 장로, 아니면 고매한 은거기인을 사부로 모시고 강호에서 실전된 천고의 절학을 익혔을 거예요, 그렇죠?"

"흠……."

대무영은 유조가 감아준 어깨의 천을 쓰다듬으며 빙그레 미소를 지었다.

"가르쳐 주세요. 무영가의 사부님은 대체 누군가요?"

그때 밖에서 카랑카랑한 고함 소리가 들렸다.

"조장! 어디에 있는 거야? 조장!"

북설이다. 어젯밤에 유조가 돌아오지 않았기 때문에 걱정이 돼서 동이 트자마자 달려온 것 같았다.

대무영은 북설의 악쓰는 소리를 들으면서 턱으로 밖을 가리켰다.

"데려와라."

第三十二章
강호로

실내에 들어선 북설은 역한 피비린내와 바닥을 흥건히 적신 피와 뇌수를 보고 오만상을 찌푸렸다.
"뭐야 이게?"
그녀는 침상에 비스듬히 누워 있는 대무영을 발견하고 소스라치게 놀랐다.
"조장! 왜 그래? 다친 거야?"
대무영은 손을 저었다.
"얘긴 나중에 부단주에게 들어라."
북설은 대무영에게 달려들더니 상처를 만지지는 못하고

거의 미쳐 버릴 것 같은 표정으로 소리쳤다.
"누가 이랬어? 엉? 대체 어떤 놈이 조장을 이 지경으로 만들었냐니까?"
유조가 조용히 대답했다.
"마지막 여덟 번째 도전자였어요. 그리고 그자는 죽어서 강가에 묻혀 있어요."
"여덟 번째 도전자? 조장을 다치게 할 정도로 고강한 자였다는 말이야?"
북설은 어이가 없다는 듯한 표정을 짓더니 곧 오만상을 찌푸렸다.
"음! 쟁천십이류가 아닌 놈이 더 위험하다고 마학사가 그러더니 정말이었군."
그녀는 대무영의 상처를 살피면서 인상을 썼다.
"괜찮은 거야?"
"부단주가 치료했으니 괜찮을 거다."
북설은 유조를 보며 보일 듯 말 듯 미소를 지었다.
"이래서 돌아오지 못했던 거로군."
"집에는 별일 없느냐?"
"그래."
우두커니 서 있는 유조가 북설을 일깨워 주었다.
"단주께 존대하세요."

북설은 찔끔했다.

대무영이 침상에서 내려오더니 말없이 밖으로 나가자 북설과 유조는 의아한 표정으로 그를 따랐다.

대무영이 두 소녀를 이끌고 온 곳은 일 층 넓은 대전이다.

대무영은 북설에게 다짜고짜 물었다.

"설아, 내 사부는 누구냐?"

"그야… 조장 자신이지."

유조는 조금 전에 대무영의 사부가 대문파의 장문인이나 장로, 아니면 고매한 은거기인일 것이라고 추측하면서 대체 그가 누구냐고 물었었다.

대무영은 거기에 대한 대답을 북설의 입을 통해서 들려준 것이다.

"설마……."

대무영은 믿을 수 없다는 표정을 짓고 있는 유조를 턱으로 가리키며 북설에게 말했다.

"설아, 조야에게 내가 어떤 방법으로 무술을 연마했는지 설명해 줘라."

북설은 그다지 내키지 않는다는 표정을 지었다. 왜냐하면 그 얘기를 들었던 북설 자신과 용구는 강렬한 자극을 받아서 그때부터 거의 미친 듯이 밤잠을 설쳐가면서 자신들이 지금까지 익혔던 무술을 대무영이 수련했던 방법처럼 수련하고 있기 때문이다.

대무영하고 다른 점이 한 가지 있다. 두 사람이 틈만 나면 서로 실전을 방불케 할 정도로 각자의 무술로 치열하게 대련을 하고 있다는 사실이다.

비록 목검이지만 대련이 끝나고 나면 둘 다 수십 대나 얻어맞아서 온몸이 아프지 않은 곳이 없을 정도다. 대련을 할 때 인정사정 보지 않고 전력을 다한다는 뜻이다.

두 사람은 벌써 그렇게 석 달 가깝게 자신들의 검술을 재해석하여 수련하며 보내고 있는 중이다.

둘이서만 대련을 하기 때문에 석 달여 동안 얼마나 실력이 늘었는지는 아직 모른다.

그런데 대무영이 자신이 어떻게 무술을 익혔는지를 유조에게 설명해 주라고 한다.

그 얘기를 해주면 필경 유조는 큰 충격을 받아서 북설이나 용구처럼 매두몰신(埋頭沒身) 자신의 무술에만 미쳐 버릴 것이고 그러면 세월이 지나면서 점차 고강해질 것이다.

북설은 유조가 강해지는 것이 싫은 것이다.

강해지는 것은 자신과 용구 정도로 그쳐야 한다고 생각하기 때문이다.

하지만 대무영의 말을 거역할 수가 없다. 그녀가 하지 않으면 그가 직접 설명할 것이다.

"설아."

"왜?"

대무영이 부르자 속이 뒤틀린 북설은 뾰족한 목소리로 대꾸했다.

"조야는 우리 가족이다."

"가족?"

"그래."

북설은 발끈해서 유조를 쏘아보았다. 왠지 모르겠지만 질투심이 활활 타올랐다.

소중한 대무영을 하필이면 유조하고 공유해야 한다는 것이 정말 싫었다.

"조야가 아니었다면 어젯밤에 나는 마지막 도전자에게 당하고 말았을 것이다."

"예?"

북설은 움찔 놀랐다. 그러나 유조는 더 놀랐다. 자신이 대무영을 돕기는 했으나 방해가 안 됐으면 다행일 정도였기 때문이다.

대무영의 표정은 그답지 않게 진지했다.

그는 손바닥을 펴서 유조에게 향하며 마치 찬양하듯이 말을 이었다.

"그자는 정말 고강했다. 만약 조야가 제때에 나를 도와주지 않았다면 그자의 얼굴을 부수지 못했을 것이다. 더구나 조야는 나를 치료하고 밤새 지켜주었다."

유조는 얼굴이 화끈 달아올랐다.

대무영의 말은 그녀가 제때 고개를 숙이지 않았으면 소매십팔혼의 얼굴을 자르지 못했을 것이라는 뜻이기 때문이다.

"아… 정말이야?"

"그렇다. 그래서 나는 부단주 유조를 가족으로 받아들였다. 내 생명의 은인이니까."

북설은 깐깐하고 이기적인 성격이지만 또한 단순해서 알기 쉬운 성격이기도 하다.

그녀는 격한 감정을 주체하지 못하고 유조의 두 손을 덥석 잡으며 감격했다.

"고맙다! 부단주! 아니, 조야!"

"아… 네……."

때로는 선의의 거짓말이 쓸데없는 불협화음을 가라앉혀 주기도 한다.

"아……."

대무영이 팔 년여 동안 숭산과 무당산, 화산에서 어떤 무술을 또한 어떻게 수련했는지 북설에게 자세히 듣고 난 유조는 저절로 입이 벌어지며 탄성을 흘렸다.

경악이다. 아니, 차라리 경이로웠다. 대무영의 사부가 대문파의 장문인이나 장로, 혹은 고명한 은거기인일 것이라는 유조의 추측은 보기 좋게 빗나갔다.

뿐만이 아니다. 대무영이 익힌 무술은 백보신권과 유운검법, 매화검법으로 세 문파의 가장 하급의 기초적인 검법과 권법이었다.

그가 천고의 절학을 익혔을 것이라는 유조의 짐작이 다시 한 번 철저하게 빗나갔다.

그러나 대무영이 그 세 가지 별 볼일 없는 무술을 수억 번도 더 수련하여 완전히 다른 차원의 검법과 권법으로 승화시켰다는 내용에 비하면 앞의 두 가지는 그다지 놀라운 일도 아니었다.

유조는 우뚝 서 있는 대무영을 바라보면서 아무 말도 하지 못했다.

대무영과 북설이 짜고서 거짓말을 하는 것만 같았다. 그 정도로 절대 있을 수 없는 일이기 때문이다.

유조가 직접 눈으로 봤던 대무영의 그 놀라운 실력이 어떻게 백보신권과 유운검법, 매화검법일 수 있다는 것인지 믿어지지 않았다.

그것들은 강호 전체에서도 몇 손가락 안에 꼽힐 만큼 굉장한 철학 같았었다.

북설의 설명을 다 듣고 나서도 한참의 시간이 흘렀다. 유조는 북설의 말을 믿는데 오랜 시간이 걸렸으며, 그 사실을 이해하는데 더 오랜 시간이 소요됐다.

"설아, 조야하고 싸워봐라."

그때 대무영이 불쑥 말하자 두 여자는 화들짝 놀랐다.

"나더러 이 여자 아니… 조야하고 싸우라고? 왜 그래야 하지? 나는 조야하고 아무 원한도 없는데?"

유조가 대무영의 말을 해석했다.

"무영가 말씀은 우리더러 비무를 하라는 건가요? 그러니까 서로의 실력 견주어보자는 것이죠?"

"그래. 그걸 비무라고 하는 거로군. 둘이 비무해 봐라."

북설과 유조는 서로의 얼굴을 쳐다보더니 둘 다 똑같이 손을 저었다.

"조장, 수준이 비슷한 사람끼리 대련을 시켜야지."

"무영가, 좌호위가 다칠 수도 있어요."

대무영은 북설이 깊은 밤에도 혼자서 혹은 용구하고 대련을 하며 수련하는 모습을 자주 봤었다. 그래서 그녀의 실력이 꽤 늘었다는 사실을 알고 있다.

"해봐."

"목검도 없는데……."

"진검으로 해봐."

북설과 유조는 물러설 수 없음을 느꼈다.

차차차창!

두 자루 검이 연속적으로 부딪치면서 불꽃이 마구 튀었다.

북설과 유조는 한 치의 양보도 하지 않고 마치 실전처럼 치열하게 비무를 하고 있다.

대무영의 명령에 어쩔 수 없이 비무를 하기는 했지만, 막상 대련을 시작하고 보니까 북설은 자신이 유조하고 막상막하를 이룬다는 사실에 놀라움을 금치 못했다.

북설은 오룡방의 최하급 일개 조원이었다. 단목조 내에서 세 손가락 안에 꼽힐 정도였으나 조장이나 향주에 비하면 십 초식도 버티지 못하는 실력이었다.

그러므로 오룡방 전체를 놓고 봤을 때에는 아무리 좋게 봐줘도 백 위권 밖이었다.

반면에 유조는 명문대파인 아미파에서 이 년 동아 무공을 배우고 온 덕분에 어린 나이에도 오룡방 내에서 다섯 손가락 안에 꼽힐 만큼 발군의 실력을 지녔었다.

그러므로 북설과 유조의 비무라는 것은 처음부터 말도 안

되는 일이었다.

그런데 막상 뚜껑을 열어보니까 결과는 전혀 예상 밖이었다.

오룡방 내에서 다섯 손가락 안에 꼽히는 유조와 백 위권 밖의 북설이 우열을 가릴 수 없을 정도로 혼전을 벌이고 있는 것이다.

불과 석 달 동안 사력을 다해서 수련한 북설의 실력이 단시일 내에 일취월장했음을 여실히 증명하는 비무다.

처음에는 자신이 창피를 당하지 않을까 염려했던 북설은 신바람이 났다.

반면에 북설이 자신의 발뒤꿈치에도 미치지 못할 것이라고 여겼던 유조는 이러다가 질 수도 있다는 조바심 때문에 바짝 애가 탔다.

이전투구(泥田鬪狗)의 강인한 성격인 북설과 부러질지언정 절대로 휘지 않는 굴강한 성격의 유조는 바야흐로 상대가 마치 철천지원수인 양 사력을 다해서 싸우고 있었다.

"그만!"

대무영이 소리쳤는데도 신바람이 난 북설과 약이 바짝 오른 유조는 초식을 멈추지 않았다.

"멈춰라!"

대무영이 다시 한 번 우렁차게 외치자 두 여자는 그제야 비무를 멈추고 갈라서서 가쁜 숨을 몰아쉬며 상대를 무섭게 쏘아보았다.

"심호흡해라."

대무영의 지시에 따라서 두 여자는 건성으로 크게 숨을 들이마시고 내쉬었다.

그런데 건성으로 몇 차례 심호흡을 했을 뿐인데도 막상 하고 나니까 거친 호흡만이 아니라 마음까지도 빠르게 안정되었다.

"이리 가까이 와라."

대무영의 말에 두 여자는 서로를 잔뜩 경계하면서 주춤주춤 가까이 다가왔다.

"마주 서라."

약 반각 동안의 비무를 하는 동안 두 여자는 원수나 다름이 없었다.

"서로 안아줘라."

대무영이 말했으나 두 여자는 서로를 곱지 않은 시선으로 흘길 뿐 안으려고 하지 않았다.

철썩!

"어서 안아라."

대무영은 양손으로 두 여자의 탱탱한 둔부를 소리 나게 때렸다.

그 바람에 두 여자는 엉겁결에 떠밀리듯 서로를 안았다. 그런데 이번에도 거의 강제로 서로를 안았을 뿐인데 막상 안고 나니까 마음이 차분해지면서 상대가 자신의 원수도 적도 아니라는 사실이 저절로 깨달아졌다.

대무영은 서로 안고 있는 두 여자를 두 팔을 활짝 벌려서 부드럽게 안았다.

"잊지 마라. 우린 가족이다."

그 한마디에 두 여자는 지금까지의 격한 감정이 봄눈처럼 녹아서 사라졌다.

유조는 빙글 대무영 쪽으로 돌아서 그의 품에 살포시 안기는데, 북설은 그저 뻣뻣하게 서 있었다.

대무영은 북설의 몸을 돌려 두 여자를 품에 함께 안았다.

"나는 너희를 믿는다."

"네, 무영가."

유조는 그의 가슴에 얼굴을 묻으며 행복한 미소를 지었고, 북설은 뻣뻣하게 자꾸 자신의 가슴을 내려다보았다. 가슴이 대무영의 가슴에 짓눌린 것이 신경 쓰였기 때문이다.

이윽고 대무영은 두 여자를 떼어놓았다.

"설아, 이대로 꾸준히 수련한다면 오래지 않아서 명협이 될 수도 있겠다."

"정말이야?"

"물론이다."

"햐아… 내가 명협이라니……."

북설은 꿈만 같아서 환호작약(歡呼雀躍) 어쩔 줄을 몰랐다.

"킬킬킬! 이게 다 조장 덕분이야. 고마워."

"존대하세요."

유조가 차분하게 지적을 하자 기분이 좋은 북설은 아예 포권지례를 하며 굽실거렸다.

"네, 네. 분부대로 합죠."

대무영은 유조에게 물었다.

"조야, 너의 검술은 평범해 보이지 않던데 어떤 검법이냐?"

"네, 아미파의 난파풍검법(亂波風劍法)이에요."

아미파는 다른 문파와는 달리 자파의 무공을 일체 밖으로 흘러나가지 못하도록 엄중히 단속하고 있다.

난파풍검법은 태청검법(太淸劍法), 소청검법(少淸劍法)과 더불어 아미파의 삼대검법이다.

아미파 제자라면 모두 익힐 수 있지만 초식과 변화가 오묘하고 난해하여 아미파 내에서도 오성(成) 이상 익힌 제자가 수십 명에 불과할 정도인 검법이 난파풍검법이다.

대무영은 잠시 생각하다가 손을 뻗어 유조의 어깨에 얹고 설명했다.

"내가 보기에 너는 난파풍검법를 채 일 할도 깨우치지 못한 것 같더군."

"마… 맞아요."

유조는 부끄러우면서도 얼굴을 붉히며 고개를 끄떡였다.

"네가 만약 난파풍검법을 극성으로 완성한다면 대단한 검객이 될 것이다."

"그… 렇겠죠?"

아미파 장문인조차도 난파풍검법을 팔성까지밖에 익히지 못했다.

"나처럼, 그리고 설아처럼 수련하면 언젠가는 난파풍검법을 완성할 수 있을 것이다."

유조는 뜨거운 눈빛으로 대무영을 바라보았다. 그녀는 조금 전에 북설과 비무하면서 대무영의 수련방법이 얼마나 뛰어난지 절실히 깨달았다.

"알겠어요. 꼭 난파풍검법을 완성해서 무영가와 함께 주유강호하고 말 거예요."

유조는 힘차게 고개를 끄떡였다.

* * *

푹!

"아흑!"

홍화쌍접의 화접은 옆구리가 뜨끔한 것을 느끼며 그 자리에 풀썩 주저앉았다.

그녀는 다시 일어서려고 했으나 다리가 후들후들 떨려서 뜻을 이루지 못했다.

옆구리를 벤 자가 당연히 재차 공격을 할 것이기 때문에 그녀는 검을 움켜잡고 반격할 태세를 갖추었다. 하지만 아무도 그녀를 공격하지 않았다.

"억!"

그때 화접은 눈을 커다랗게 뜨며 놀랐다.

쌍둥이 언니인 홍접이 헛바람 소리를 냈는데 그녀의 등 한복판으로 흠뻑 피 묻은 검이 한 뼘이나 튀어나온 것이 보였다.

"어… 언니!"

화접이 찢어질 듯이 외치고 있을 때 홍접은 뒤로 비틀비틀 물러나더니 화접 앞에 털썩 엉덩방아를 찧고는 상체를 스르르 뒤로 눕혔다.

"언니……."

화접은 홍접을 품에 안고 왈칵 눈물을 쏟았다.

"화야… 어서 소저를 도와라……."

화접 품에 안긴 홍접은 가슴 한가운데에서 울컥울컥 피를 뿜으면서 눈에서 동공이 사라지며 헐떡거렸다.

화접은 안타까운 표정으로 전방을 바라보았다. 그곳에서 옥봉검신 주지화가 열 명의 흑의인에게 포위된 상태에서 집중공격을 당하고 있는 모습이 보였다.

주지화는 대무영이 호천장에서 여덟 명의 도전자를 상대하고 있는 동안 오라버니 주도현을 찾으려고 홍화쌍접을 데리고 하남포구의 무란청을 나섰었다.

그러나 세월만 허비하고 주도현을 찾지 못한 채 발길을 돌려 무란청으로 돌아갈 수밖에 없었다.

무란청을 떠나온 지 두 달이 훌쩍 지났기 때문에 지금쯤 대무영이 도전자들을 다 처리했을 것이라 생각하고, 그를 만날 기쁨에 들떠 있었다.

한시라도 빨리 무란청으로 돌아가야겠다고 다급한 마음에 산길을 선택한 것이 화근이 될 줄은 몰랐었다.

백주대낮에 관도를 가고 있었다면 이런 공격을 당하지 않았을지도 모른다.

설혹 그렇더라도 오가는 사람들이 많기 때문에 무슨 다른 방법이 생겼을 수도 있다.

그런데 이곳은 인적이 뜸한 깊은 산중이다. 이런 곳에서 괴한들의 급습을 당했으니 순전히 주지화와 홍화쌍접의 힘으로 벗어날 수밖에는 도리가 없는 것이다.

 느닷없이 암습을 개시한 열 명의 흑의인은 여덟 명이 주지화를, 두 명이 홍화쌍접을 공격했었다.

 처음에 주지화와 홍화쌍접은 가소로워서 코웃음을 쳤었다.

 주지화가 누군가. 쟁천십이류의 세 번째 등급인 신위다. 그것은 당금강호에 겨우 열다섯 명 정도 뿐인 절정고수라는 뜻이다.

 홍화쌍접은 비록 엄중한 율법 때문에 쟁천십이류에 도전하지는 못했으나 그녀들의 실력은 쟁천십이류의 아홉 번째 등급인 후선쯤 된다.

 그러므로 세 여자는 열 명의 괴한을 조금도 두려워하지 않았었다.

 그러나 막상 싸움이 시작되자마자 세 여자는 정신이 번쩍 들면서 소름이 쫙 끼쳤다.

 괴한 열 명이 퍼붓는 공격 하나하나는 설사 주지화라고 해도 결코 방심할 수 없을 정도로 위력적이면서 잔인하고 날카롭기 짝이 없었다.

 주지화는 불과 오 초식을 싸우기도 전에 수세에 몰리고 말았다.

 그녀가 보기에 괴한 각자의 능력은 쟁천십이류의 군주 이상 급이었다.

그녀가 아무리 신위라고 해도 군주 이상 급 여덟 명의 합공을 당해내는 것은 무리다.

군주 이상 급이라는 것은 그들 각자가 군주라는 뜻이 아니다.

말 그대로 최하가 군주고 그 이상 존야나 왕광의 실력자도 있다는 뜻이다.

그러다 보니 후선 급인 홍화쌍접은 그들과 일대일로 싸워도 상대가 되지 못했다.

그래서 보시다시피 십 초식도 견디지 못하고 치명적인 중상을 입은 채 장외로 밀려나 주저앉고 말았다.

홍화쌍접을 상대했던 두 명까지 주지화에게 가세했으니 무려 열 명이 그녀를 합공하는 상황이 돼버렸다.

그녀가 제아무리 사력을 다해도 절체절명의 상황은 조금도 나아지지 않았다.

쐐쐐애액!

휘이잉! 휭!

열 명의 괴한은 도검만 휘두르는 것이 아니라 장풍까지도 사방에서 마구 뿜어댔다.

주지화는 미친 듯이 수중의 검을 휘두르면서 이리저리 피하느라 머리카락이 풀어헤쳐지고 옷은 여기저기 여러 군데 베어진 상태다.

　비록 하녀지만 어릴 때부터 친자매처럼 함께 생활해 온 홍화쌍접이 중상을 입고 쓰러지는 소리를 듣고는 마음이 더욱 조급하고 착잡해져서 손발이 어지러워졌다.

　'안 되겠다……!'

　주지화는 이대로 조금만 더 있다가는 산중고혼이 될 것 같아서 최후의 수단을 사용해야겠다고 판단했다.

　"이놈들! 잠깐 멈추어라!"

　그녀는 전력으로 맹렬하게 검을 휘둘러서 괴한들을 주춤 물러서게 한 직후에 앙칼지게 소리쳤다.

　그녀는 괴한들이 다시 공격하기 전에 한차례 재빨리 숨을 몰아쉬고 준엄하게 외쳤다.

　"이놈들아! 내가 누군지 아느냐?"

　다행이 괴한들이 공격을 멈추었다. 주지화는 숨을 몰아쉬면서 이제는 됐다고 생각했다.

　이들이 자신의 진실한 신분을 알면 더 이상 공격하지 않을 것이라고 짐작했다.

　괴한 중 짧고 시커먼 수염을 기른 강직해 보이는 사십오륙 세 정도의 사내가 검첨으로 그녀를 가리키며 묵직하게 중얼거렸다.

　"옥봉검신 우지화가 아니냐?"

주지화는 싸움 때문에 잠시 흐트러졌던 위엄을 되찾고 엄히 꾸짖었다.

"나는 대명제국 황제의 딸 영화공주(英華公主)다!"

그러자 사내를 비롯한 괴한들이 가볍게 움찔하며 서로의 얼굴을 쳐다보았다.

주지화는 득의한 미소를 머금었다.

"오늘의 일은 무슨 오해 때문에 일어난 일이라 생각할 테니까 썩 물러가라."

그녀는 언행일치의 성격이다. 그녀가 이번 일을 문제 삼지 않겠다고 하면 그러고도 남을 여자다.

그러나 괴한들의 반응은 그녀의 예상을 뒤엎었다.

"죽여라."

방금 전 까칠한 검은 수염의 사내가 나직하고도 짧게 중얼거리자 잠시 멈췄던 지독한 공격이 순식간에 다시 시작되어 주지화를 휩쓸었다.

"이놈들아! 내가 황제의 딸 영화공주 주지화라고 하지 않았느냐! 당장 멈추지 못할까!"

사내가 주지화의 목을 노리고 검을 뻗으며 잔인한 미소를 흘렸다.

"우리의 목적은 쟁천십이류를 죽이는 것이오. 공주께서는 신위가 되신 것을 원망하셔야 하오."

"이… 미친놈들……."

사내는 더 이상 말을 하지 않았고, 주지화도 사력을 다해서 이리저리 피하느라 말을 할 정신이 없었다.

삭!

뒤쪽 허벅지 어림에서 미약하게 베어지는 소리가 났다. 그러나 그것에 신경 쓸 겨를이 없다.

팍!

이번에는 한 자루 도가 그녀의 아랫배를 가로로 비스듬히 그었기 때문이다.

'이… 이런……'

그녀는 자신의 뜻하고는 달리 몸이 가볍게 휘청거렸다.

푹!

그때 등 한복판이 화끈했다. 그리고는 두 개의 젖가슴 사이로 피를 흠뻑 머금은 검날이 쑥 솟아 나왔다.

퍽!

"아악!"

그 순간 한 줄기 강맹한 장풍이 그녀의 복부에 정통으로 적중되었다.

그녀는 한 조각 가랑잎처럼 허공을 쏜살같이 날아갔다. 그런데 그녀가 날아가는 방향에는 낭떠러지가 있었다.

"아악—!"

주지화는 애처로운 긴 비명 소리를 지르면서 깊이를 알 수 없을 정도의 낭떠러지 아래로 추락해 버리고 말았다.

"공주님—!"

홍화쌍접은 주저앉은 채 피눈물을 흘리며 울부짖었다.

열 명의 괴한 중 조금 전의 그 사내가 낭떠러지 가장자리로 가서 아래를 내려다보았다.

백여 장 아래에 짙은 운무가 깔려 있어서 그보다 더 아래쪽은 보이지 않았다.

사내는 약간 아쉬운 표정을 짓더니 곧 몸을 돌려 걸어가다가 홍화쌍접 곁을 지나갔다.

"이놈들아! 어서 우리도 죽여라!"

홍화쌍접이 흐느끼면서 악을 썼으나 사내는 힐끗 쳐다보며 중얼거릴 뿐이다.

"우리가 죽이는 것은 쟁천십이류다."

홍화쌍접이 피를 줄줄 흘리면서 낭떠러지 끝으로 기어가 아래를 내려다보며 구슬프게 흐느끼는 소리를 뒤로 하고 열 명의 괴한은 유유히 사라졌다.

* * *

"이자는?"

마학사는 대무영이 죽여서 강가에 묻어놓은 여덟 번째 도전자를 보더니 가볍게 안색이 변했다.

"아는 자요?"

마학사는 복잡한 표정을 지었다.

"이자는 무당파의 현중(玄重)일세."

"무당파?"

마학사는 무겁게 고개를 끄떡이며 턱을 쓰다듬었다.

"무당파 장문인 무학자(武鶴子)의 세 명의 제자 중에 둘째일세. 그런데 어떻게 이자가 소매곡이라는 곳의 일원이라는 말인가? 알다가도 모를 일이로군."

무불통지로 소문난 마학사도 소매곡이라든지 쟁천소매라는 말은 금시초문이라고 했었다.

쟁천증패로 짭짤한 돈벌이를 하고 있는 그가 모른다면 소매곡은 최근에 들어서 활동을 시작했다는 것이고, 또한 극도로 신비한 집단이라는 뜻이다.

"소매곡이 강호의 쟁천십이류를 모조리 죽이는 것이 목적이라고 그랬다는 것인가?"

"그렇소."

마학사는 잠시 깊은 생각에 잠겼다가 진중한 얼굴로 입을 열었다.

"언젠가는 이런 일이 생길 줄 예상했었네."

"예상하다니?"

"강호는 지난 백여 년 동안 쟁천십이류 덕분에 많이 발전했지만 그것 때문에 도처에서 쟁천중패를 차지하려는 치열한 싸움이 끊이지 않았었지."

대무영은 잠자코 듣기만 했다.

"이것은 동전의 양면 같은 것일세."

"동전의 양면?"

"쟁천십이류로 인해서 강호가 발전한 것이 동전의 한쪽 면이라면, 그로 인해서 수많은 싸움이 벌어지고 그보다 더 많은 강호인이 죽어가고 있는 참혹한 현실이 또 다른 한쪽 면이라고 할 수 있지."

대무영은 알 것도 모를 것도 같은 표정을 지었다.

"밝음과 어두움이란 뜻이오?"

"그렇지. 쟁천십이류가 겉으로는 강호를 발전시킨 것처럼 보이지만, 파헤쳐 보면 그 아래에는 수십만 명의 죽음이 묻혀 있는 것이지."

대무영은 눈살을 찌푸렸다.

"골치 아픈 얘기로군."

"빛이 있으면 어둠이 있다는 간단한 이치일세."

"빛과 어둠이라……."

마학사는 대무영의 어깨를 가볍게 두드렸다.

"어쨌든 자네가 집을 떠나겠다고 결정한 것은 정말 잘한 일이네."

그는 대무영이 모르고 있던 사실 하나를 가르쳐 주었다.

"무림청에서 자네가 군림보를 멸문시켰다는 사실을 알아냈네. 그러니까 조만간 무림청에서 자넬 잡으려고 강호 전체에 공문을 보낼 거야."

대무영은 단단한 표정을 지었다.

"나는 잘못한 것이 없소."

"그렇지만 무림청은 그렇게 생각하지 않을 거야."

대무영은 미미하게 뺨을 씰룩였다.

"무림청이든 소매곡이든 나를 건드리면 대가를 치르게 해 줄 것이오."

"어쨌든 조심하게. 자넨 소중한 몸이니까."

마학사는 묘한 시선으로 대무영을 바라보았다.

동이 트기도 전에 집을 떠난 대무영은 정오 무렵에 낙양에서 백여 리 남쪽에 위치한 이양현(伊陽縣)이라는 곳에 도착해 있었다.

일단 그의 목적지는 무당산이다. 그곳에서 무당파 장문인 무학자를 만나볼 계획이다.

그러면 그의 둘째 제자 현종이 어째서 소매곡의 일원이 되었는지 알 수 있을 것이다.

  그는 간단한 봇짐을 메고 있는데, 그 안에는 썩지 않도록 회칠을 한 현중의 수급이 목합(木盒) 속에 담겨 있었다.

『독보행』 4권에 계속…

이제부터 전자책은
이젠북
www.ezenbook.co.kr

새로운 세계가 열린다!

서현 『조동길』ᴺ   남운 『개방학사』ᴺ   백연 『생사결』ᴺ
목정균 『비뢰도』   좌백 『천마군림』   수담옥 『자객전서』
용대운 『천마부』   설봉 『도검무안』   임준욱 『붉은 해일』
진산 『하분, 용의 나라』   천중화 『그레이트 원』

이름만 들어도 황홀할 정도의 별들의 향연!

이들의 "유료연재"가 시작됩니다!

검색창에 **이젠북** 을 쳐보세요! ▼

촌부 新무협 판타지 소설
FANTASTIC ORIENTAL HEROES

『우화등선』, 『화공도담』의 뒤를 잇는
작가 촌부의 또 하나의 도가 무협!

무림맹주(武林盟主), 아미파(峨嵋派) 장문인(掌門人),
군문제일검(軍門第一劍), 남궁세가(南宮勢家)의 안주인.

그들을 키워낸 어머니—
진무신모(眞武神母) 유월향(柳月香)!

어느 날, 그녀가 실종되는데……

"하, 할머니는 누구세요?"

무한삼진의 고아, 소량(少兩)에게 찾아온 기이한 인연.

세상과 함께 호흡을 나눌 수 있다면[天地同息]
천하의 이치를 모두 얻으리라[天下之理得]!

이제, 천하제일인과 그녀가 길러낸
마지막 자손의 이야기가 펼쳐진다!

Book Publishing CHUNGEORAM
WWW.chungeoram.com

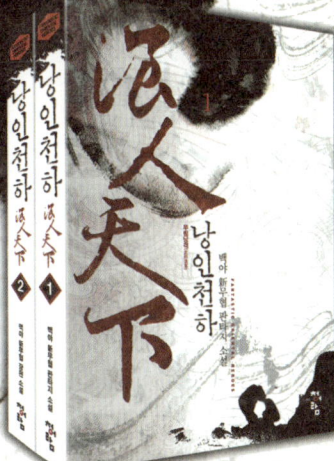

FANTASTIC ORIENTAL HEROES

백야 新무협 판타지 소설

**2012년 겨울, 전율적인 무협이 찾아온다!
정통 무협의 대가, 백야.
이번에는 낭인의 이야기로 돌아오다!**

「낭인천하」

어린 아들 둘을 이끌고 유주에 나타난 낭인, 담우천.
정체를 알 수 없는 낭인의 발걸음에 잠자고 있던 무림이 격동하기 시작한다.

앞을 가로막는 자, 베리라. 내 가족을 노리는 자, 처단하리라!

사랑하는 아내의 손을 잡는 그날까지
한겨울 매서운 삭풍을 뚫고
낭인의 무(武)가 천하를 뒤흔든다!

유행이 아닌 자유추구 -
WWW.chungeoram.com
Book Publishing CHUNGEORAM

FUSION FANTASTIC STORY

STEEL ROAD 스틸로드

이영균 퓨전 판타지 소설

2012년 겨울!! 대륙의 핍박받던 이들을 향한 구원과 희망의 울림이 메아리친다!

「스틸로드」

사랑하는 아내와의 꿈과 같은 크루즈여행의 마지막 밤.
배는 난파를 당하고, 이계로 떨어진 준혁!

사략해적의 손길에서 살아남은 준혁은 아내를 찾기 위해
미지의 땅에서 영웅이 된다!

뜨거운 사막의 열기처럼! 악마의 달의 위엄처럼!
강철같은 심장을 가진 그의 행보가 시작된다!

신화를 쓰는 남자의 길을 주목하라!

Book Publishing CHUNGEORAM

유행이 아닌 자유추구 -
WWW.chungeoram.com